58

LISTAS

33 ÚTEIS & 25 NEM TÃO ÚTEIS ASSIM

58 Listas

33 úteis & 25 nem tão úteis assim

Manuela Barem
do
BuzzFeed Brasil

pa
ra
le
la

A Editora Paralela é uma divisão da Editora Schwarcz S.A.

Grafia atualizada segundo o Acordo Ortográfico da Língua Portuguesa de 1990, que entrou em vigor no Brasil em 2009.

CAPA E PROJETO GRÁFICO **Ale Kalko**
IMAGENS As ilustrações que compõem as páginas 12-3, 30-3, 36-41 e 68-71 são de autoria de **André Valente**. As demais imagens pertencem ao acervo da **Shutterstock**.
REVISÃO **Ana Luiza Couto**
Márcia Moura

Dados Internacionais de Catalogação na Publicação (CIP)
(Câmara Brasileira do Livro, SP, Brasil)

Barem, Manuela
58 listas – 33 úteis e 25 nem tão úteis assim / Manuela Barem. — 1ª ed. — São Paulo : Paralela, 2016.

ISBN 978-85-65530-92-7

1. BuzzFeed Brasil (Site) 2. Entretenimentos
3. Humor I. Título

15-04530 CDD-790

Índice para catálogo sistemático:
1. Entretenimentos : Miscelânea 790

[2016]

EDITORA SCHWARCZ S.A.
Rua Bandeira Paulista, 702, cj. 32
04532-002 — São Paulo — SP
Telefone (11) 3707-3500
Fax (11) 3707-3501
www.editoraparalela.com.br
atendimentoaoleitor@editoraparalela.com.br

FOREVER
TÁXI

SUMÁRIO

TV E CINEMA

INTERNET

BRASIL

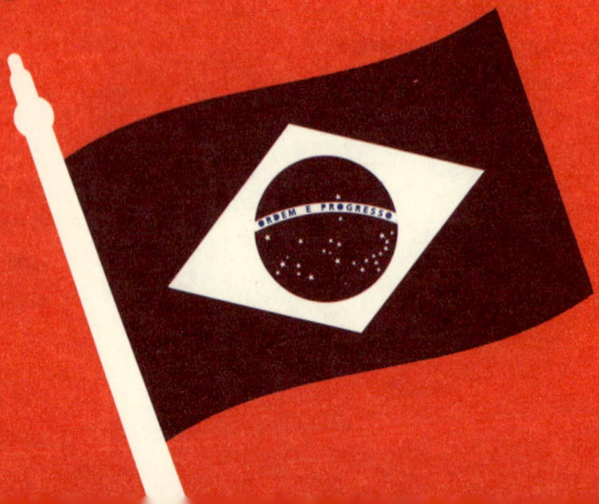

COMO SER ADULTO

ID

MÚSICA

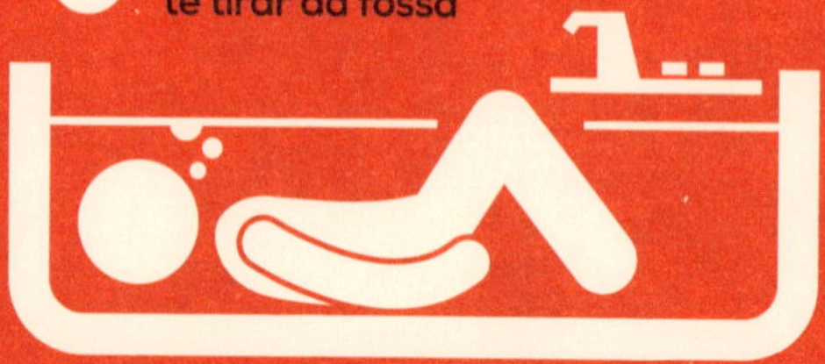

LIFEKACKS

NOSTALGIA

8

acessórios para celular que deixariam seus inventores ricos

1.

Suporte para o smartphone não cair na testa enquanto você está na cama.

2.

Um dedo pra fazer o scroll enquanto você almoça.

3.

Ferramenta que gire ao redor do seu rosto até achar o melhor ângulo para uma selfie.

4.

Projeção na parede do banheiro para quando você for fazer o número 2, para não precisar infectar seu celular com bactérias.

5.

Dupla notificação com dois toques ou duas vibrações quando recebe ligações, mensagens ou alertas de alguém em quem você tem interesse.

6.

Segunda tela do celular para ser projetada na televisão enquanto você comenta algum programa.

7.

Sensor de humor, que faça ligações automáticas quando sentir que você gostaria de fugir de alguém.

8.

Bafômetro para não permitir que você faça aquelas ligações embaraçosas quando estiver bêbado demais.

10 mentiras que somente as redes sociais nos contam

1. Estar o tempo todo conectado para não perder nada é importante. A falsa sensação de que você não pode piscar os olhos sem antes consultar se há alguma novidade.

2. As redes sociais são uma grande fonte de conexão de informações. Mas, na maioria das vezes, todo mundo está comentando o mesmo programa/jornal/novela.

3. As pessoas sabem tudo sobre o que estão compartilhando e leram aquele texto do começo ao fim, com calma. Muitas vezes, as pessoas compartilham algo porque confiam no amigo que compartilhou.

4. É mais prático conhecer alguém on-line do que na vida real. Bem, lembrando que para "conhecer" alguém de verdade você pode até ter uma ajudinha da internet, mas terá que encontrar com a tal pessoa ao vivo.

5. Todo mundo é bonito, feliz, rico como o Instagram mostra.

6. As pessoas são autoconfiantes como o Twitter mostra.

7. As pessoas que você vê no Facebook não são frágeis e carentes, como qualquer pessoa normal.

8. Todas as pessoas famosas nas redes sociais são realmente VIPs na vida real.

9. A vida real é menos interessante do que as redes sociais.

10. As redes sociais são a coisa mais importante da sua vida.

15 tipos de pessoas no Facebook que não mostram nenhuma evolução da humanidade

1. O engajado em tudo

Compartilha de tudo, de abaixo-assinado do bairro até corrente para acabar com a corrupção no Brasil. O importante é compartilhar.

2. O engajado só em um tema

É praticamente o seu feed especializado. O cara escolhe um tema (desmilitarização da polícia, proteção dos animais, tecnologia) e segue em frente na maior coerência, só compartilhando aquilo.

3. O cara "memes de tiozera"

Geralmente esses memes reúnem de tudo um pouco numa mesma imagem: montagens toscas, frases de efeito, muitas cores e os memefaces clássicos. Vêm dele as imagens que são compartilhadas pela sua família no WhatsApp.

4. A amiga "almocinho joia com as amigas"

Sempre almoçando e se divertindo, a amiga quer é promover a felicidade. #CarpeDiem

5. O cara que só posta coisa da firma

Se ele mudar de firma, só vai postar coisas da nova firma e por aí vai.

6. A fitness

Receitas com whey e muita foto do treino do dia.

7.
A instagrameira exagerada com o perfil linkado ao Facebook

Ela fotografa seus próprios sapatos, a xícara de café, o pôr do sol do dia, uma pichação do tipo "ver.a.cidade", instagrama tudo e você acompanha tudo isso na sua timeline do Facebook.

8.
A pessoa que está em geral mostrando uma selfie misteriosa/sexy

Sempre misteriosa, sempre sedutora. Na vida real, um pouco tímida, na verdade.

9.
O tio que acha um link útil e compartilha marcando 20 pessoas nos comentários

Ele aprendeu a compartilhar links legais e aprendeu a marcar pessoas nos comentários. Por que não unir uma coisa a outra? O tempo todo?

10.
A pessoa que compartilha spam

Por mais que ela saiba usar Facebook, essa é a função social dela e isso nunca vai mudar.

11.
A amiga da sua mãe que chama para jogar Candy Crush

Pisca uma notificação e é sempre ela. Sempre chamando para jogar Candy Crush ou algum outro jogo estranho que você nunca tentou jogar.

12.
O cara #RespiroMúsica

Sempre compartilhando links do YouTube e nada muito além disso.

13.
O cara que curte fanpage caça-cliques

"Veja o que Bruna Marquezine comentou na foto de Neymar." Você se pergunta como isso apareceu na sua timeline e lá está o cara de sempre. Foi ele quem curtiu a página.

14.
O tio puto com a corrupção

Tudo vem acompanhado de muitos "!!!!!" no final. Você eventualmente já deu um toque nele para não ficar tão nervoso assim com as coisas postadas no Facebook. Vai que ele tem um infarto.

15.
A que reza e ostenta ao mesmo tempo

"Obrigada, meu Deus, por eu ter o melhor emprego do mundo, um marido maravilhoso e filhos que acabaram de ganhar a Olimpíada de Matemática da escola, sem falar que no fim do ano faremos um cruzeiro..."

7

cartazes da cartomante da geração Y que gostaríamos de ver pelas ruas

1. LEIO, RESPONDO E APAGO

2. PAI JOÃO DA INTERNET
VIDÊNCIA ATÉ NAS DMs DO SEU EX

3. TRAGO O FOLLOWER DE VOLTA

4. VISUALIZO E RESPONDO NA HORA

5
AUMENTO O SEU NÚMERO DE FAVORITOS OU SEU DINHEIRO DE VOLTA
6
FAÇO AMARRAÇÃO DE FOLLOWER
7
TARÔ, BÚZIOS, BLOQUEIO DE NOTIFICAÇÃO DE EX
2
3

17 dos mais importantes tweets de celebridades de todos os tempos

Vera Fischer
@fischervera
Seguir

Ol gente,boa tarde,vim esclarecer esses boatos,que disse que odeio pobre.Não é bem assim...

09:28 - 13 de dez de 2010

POR QUE É IMPORTANTE

Vera Fischer estava nervosa com boatos que a acusavam de ser "pobrefóbica" em 2010.

Vera Fischer
@fischervera
Seguir

Adoro os pobres.

18:21 - 20 de dez de 2010

POR QUE É IMPORTANTE

Ela resolveu os boatos assim.

Neymar Jr
@neymarjr
Seguir

Cansado.com.br/mortocomfarofa

19:13 - 21 de ago de 2011

POR QUE É IMPORTANTE

Assim como Neymar, gostaríamos que este site existisse de verdade.

Compadre Washington
@compadrewash

Seguir

Hj não tenho show

07:57 - 28 de abr de 2012

POR QUE É IMPORTANTE

Porque, como mostra Compadre Washington, às vezes a única coisa de que você precisa é avisar que hoje não tem show.

Compadre Washington
@compadrewash

Seguir

Hj tenho show

07:59 - 28 de abr de 2012

POR QUE É IMPORTANTE

Porque em outras vezes você precisa dizer que tem.

William Bonner
@realwbonner

Seguir

Boy magia?

15:55 - 19 de nov de 2013

POR QUE É IMPORTANTE

Não sabemos a origem da questão, mas ela é provavelmente uma das melhores perguntas que William Bonner já fez.

Eike Batista Oficial
@eikebatista

Seguir

Boa noite para todos amigos! Voces estao com a vida ganha, eu tenho que ralar amanha! Obrigado

22:33 - 27 de jul de 2010

POR QUE É IMPORTANTE

A vida de Eike Batista pode funcionar como uma metáfora para as nossas.

Dinho Ouro Preto
@dinhoouropreto

Seguir

falta uma banda q una todas as tribos.Como foi o Norvana

17:04 - 2 de abr de 2013

POR QUE É IMPORTANTE

Com um mínimo erro de digitação, Dinho Ouro Preto lançou a banda preferida de toda a internet.

Luciana Gimenez
@lucianaGimenez

Seguir

Steve jobs morreu estou chorando

16:59 - 5 de out de 2011

POR QUE É IMPORTANTE

Luciana Gimenez mostrou que tem sentimentos.

Xuxa Backup
@XuxaBackup

Seguir

ACHO Q VAI ROLAR ATÉ MADRUGA

11:16 - 10 de mai de 2012

POR QUE É IMPORTANTE
Aprendemos que sempre é bom avisar o que pode acontecer.

Xuxa Backup
@XuxaBackup

Seguir

EU NÃO ESTOU GRITANDO, NEM QUERO SER MAL EDUCADA, GALERA. SEMPRE QUE ESCREVO NO COMPUTADOR, ESCREVO ASSIM. É O MEU JEITINHO!

11:15 - 10 de mai de 2012

POR QUE É IMPORTANTE
Antes só conhecíamos o "jeitinho brasileiro"; agora conhecemos um novo jeitinho.

Xuxa Backup
@XuxaBackup

Seguir

fui vcs não merecem falar comigo nem com meu anjo

11:16 - 10 de mai de 2012

POR QUE É IMPORTANTE
A despedida dramática e ligeiramente descolada da Xuxa no Twitter.

Eduardo Jorge
@EduardoJorge43

Seguir

Hoje eu finalmente entendi o que é um meme

10:49 - 27 de ago de 2014

POR QUE É IMPORTANTE

Um candidato à presidência da República em 2014 descobriu o que é um meme.

Xuxa.com
@xuxameneghel

Seguir

oi gente sou eu xu ....caraca q calor .....affff ,
vamos beber bastante liquido .

12:36 - 25 de fev de 2013

POR QUE É IMPORTANTE

Uma lembrança célebre e eterna de que você precisa se manter hidratado sempre.

Marquito
@Marquitodosbt

Seguir

VAI DORMIR MEU . CADE SEU PAI

20:55 - 19 de jul de 2012

POR QUE É IMPORTANTE

Porque nos faz refletir sobre a família e o repouso.

Susana Vieira
@eususanavieira

Seguir

Eu nao fiz twitter para falar com artista. Quando quero falar com eles, eu pego o telefone e ligo. Fiz o twitter para falar com vocês!

18:56 - 12 de jun de 2012

POR QUE É IMPORTANTE

Susana Vieira criou a definição de passivo-agressivo de que você precisava.

Roberta Miranda
@RobertaMiranda1

Seguir

FIQUEI MEIO ATORDOADA COM A NOTICIA..OLHO PRO TECLADO D MEU PC...E NÃO SEI MAIS O Q DIZER...SÓ SENTIR...

18:17 - 11 de fev de 2012

POR QUE É IMPORTANTE

É muito sentimento junto, às vezes você só consegue sentir e olhar para o teclado mesmo.

21 nomes do RG de astros da música brasileira que os transformarão em pessoas normais como você

1.
Maria da Graça Costa Penna Burgos
Gal Costa

2.
Jorge Duílio Lima Meneses
Jorge Ben Jor

3.
Gilberto Passos Gil Moreira
Gilberto Gil

4.
Dinair Tostes Caymmi
Nana Caymmi

5.
Luiz Maurício Pragana dos Santos
Lulu Santos

6.
Sebastião Rodrigues Maia
Tim Maia

7.
Paulo César Batista de Faria
Paulinho da Viola

8.
Jessé Gomes da Silva Filho
Zeca Pagodinho

9.
Antônio Carlos Moreira Pires
Moraes Moreira

10.
Maria de Fátima Palha de Figueiredo
Fafá de Belém

11.
Erasmo Esteves
Erasmo Carlos

12.
Zélia Cristina Gonçalves Moreira
Zélia Duncan

13.
Martinho José Ferreira
Martinho da Vila

14.
Agenor de Miranda Araújo Neto
Cazuza

15.
Pedro Paulo Soares Pereira
Mano Brown

16.
Bernadete Dinorah Carvalho Cidade
Baby do Brasil

17.
Pedro Anibal de Oliveira Gomes
Pepeu Gomes

18.
Renato Manfredini Júnior
Renato Russo

19.
Salomão Borges Filho
Lô Borges

20.
Clara Francisca Gonçalves Pinheiro
Clara Nunes

21.
Ney de Souza Pereira
Ney Matogrosso

?

Quem é você e qual o dilema da sua vida de acordo com o dia do seu aniversário?

O DIA DO SEU ANIVERSÁRIO MOSTRA QUEM VOCÊ É

1	Angélica
2	Anderson Silva
3	KLB
4	Alcione
5	Alceu Valença
6	Alexandre Pires
7	Zezé di Camargo & Luciano
8	Compadre Washington
9	Pelé
10	Faustão
11	Reynaldo Gianecchini
12	Roberto Carlos
13	Anitta
14	Amaury Jr.
15	Xuxa
16	Cristiane Torloni
17	Deborah Secco
18	Glória Maria
19	Luciana Gimenez
20	William Bonner
21	Ivete Sangalo
22	Gusttavo Lima
23	Renato Aragão
24	Pepê e Neném
25	Silvio Santos
26	Carla Perez
27	Fátima Bernardes
28	Gugu Liberato
29	Neymar
30	Sandy
31	Zeca Camargo

O MÊS DO SEU ANIVERSÁRIO MOSTRA QUAL O SEU DILEMA NA VIDA

1	Não faz ideia do nome da pessoa que acabou de cumprimentar animadamente na rua.
2	Preso(a) no elevador pós-eleições com alguém de direita e outro de esquerda.
3	Acaba de acordar e ver que a casa está alagada, sabe-se lá por quê.
4	Tendo que convencer sua mãe a não deixar um comentário em tudo o que seu paquera posta no Facebook.
5	É o único e verdadeiro filho da grávida que colocou uma bola sob o vestido para tentar enganar que estava esperando quadrigêmeos.
6	Tentando abrir um pote de azeitonas com a mão engordurada e sem detergente em casa.
7	Saiu completamente vestido(a) de branco, tomou chuva e agora todos na rua conseguem ver as partes do seu corpo.
8	Entrou no meio de uma passeata pela volta da ditadura sem querer.
9	Não sabe o que fazer agora que o chefe chegou bem na hora em que você viu algo NSFW no trabalho.
10	Está vestido de palhaço Patatá e precisa enfrentar a população inteira revoltada com o fato de que você não é o verdadeiro.
11	Tropeçou e caiu na frente da obra enquanto os pedreiros mexiam com você.
12	Foi escolhido(a) para ser juiz(íza) de uma prova de quem come o maior número de ovos cozidos mais rápido.

5

provas de que os monstros das lendas brasileiras poderiam estrelar os filmes mais aterrorizantes do mundo

1.

O terrível gorila que se alimenta de línguas

O **Arranca-Línguas** é uma lenda típica da região do estado de Goiás. O monstro se parece com um grande gorila – e bota grande nisso: segundo a lenda, ele tem cerca de 10 metros de altura. Como o nome já diz, ele se alimenta de línguas de humanos ou animais e vaga pela noite procurando novas vítimas.

2.

O Bicho-Papão negro devorador de criancinhas inocentes

O **Quibungo** é uma criatura enorme e, segundo a lenda, é parecida com um Bicho-Papão, só que negro. Ele se arrasta pelos cantos e rouba criancinhas que estão longe dos pais e faz delas sua refeição.

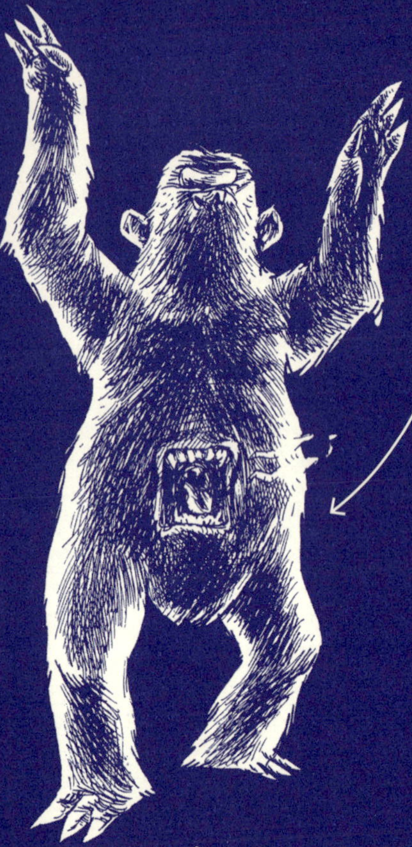

3.
O abominável ciclope peludo da Amazônia

Índios da região amazônica contam que o **Mapinguari** é um monstro alto, peludo, com apenas um olho na testa e a boca localizada no lugar do umbigo. Ele ataca os mais desavisados durante a noite e é capaz de derreter o cano de uma espingarda com seu sopro poderoso. Aqueles que sobreviveram a uma luta contra ele acabaram terrivelmente mutilados, com alguns membros amputados.

4.
O ataque do implacável Capelobo

Um grande lobo que tem ossos tortos e pode aparecer em forma de anta com focinho de felino ou na forma metade homem/metade lobo. Moradores das regiões do Pará e do Maranhão contam que o monstro é feroz e pode ser muito cruel com filhotes de gato ou cachorro, seus alimentos preferidos. Caso não ache seu bicho de estimação para comer, ele pode matar você e comer seu cérebro.

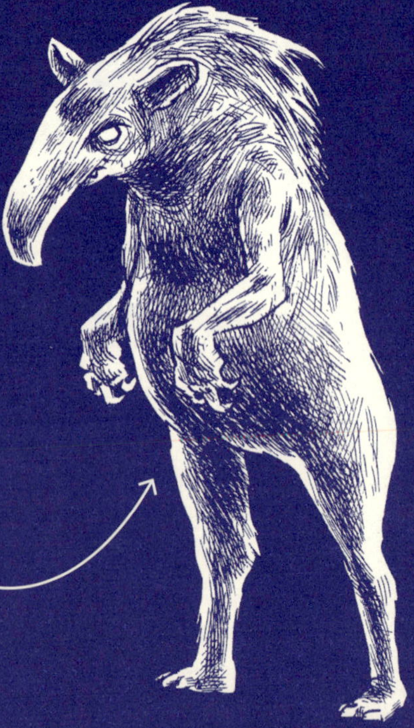

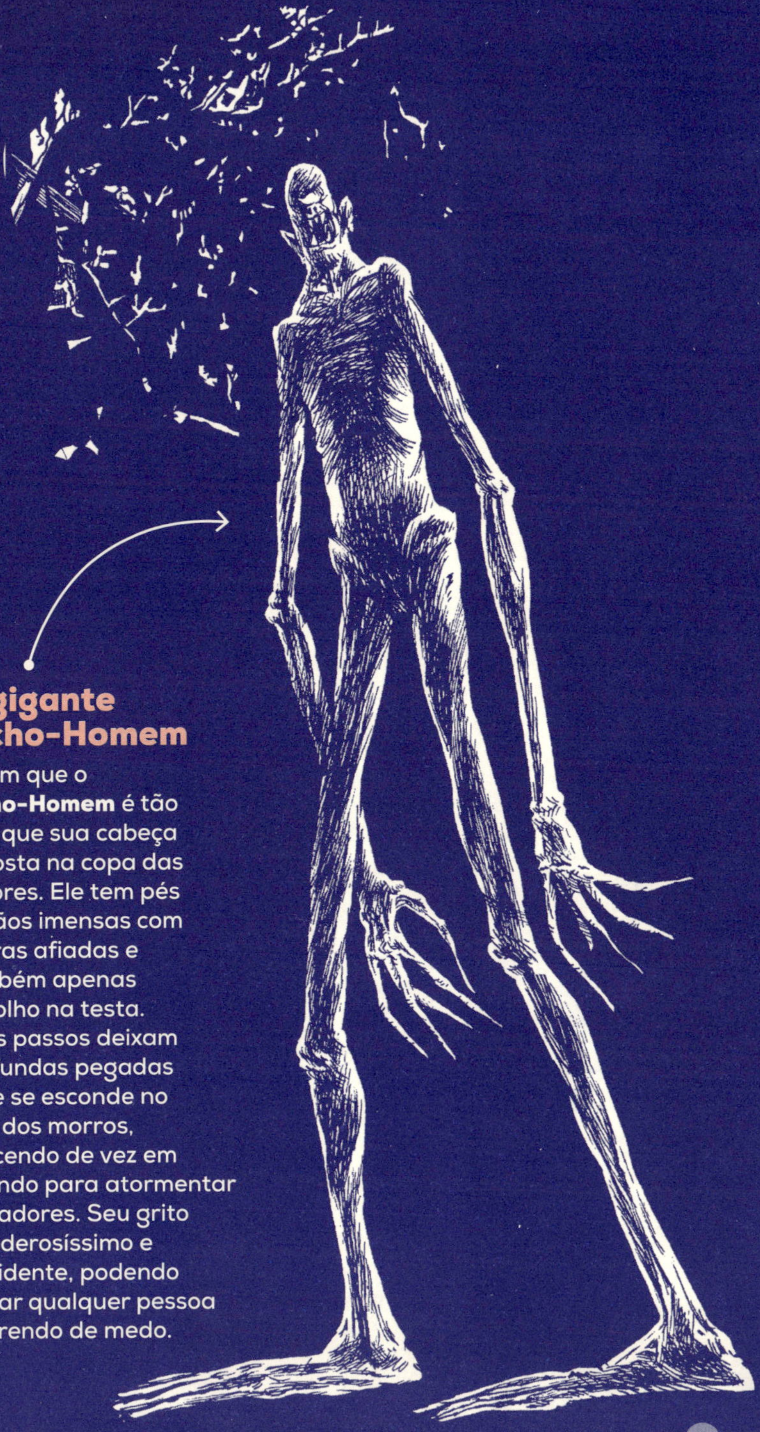

5.

O gigante Bicho-Homem

Dizem que o **Bicho-Homem** é tão alto que sua cabeça encosta na copa das árvores. Ele tem pés e mãos imensas com garras afiadas e também apenas um olho na testa. Seus passos deixam profundas pegadas e ele se esconde no alto dos morros, descendo de vez em quando para atormentar moradores. Seu grito é poderosíssimo e estridente, podendo deixar qualquer pessoa morrendo de medo.

19 coisas que acontecem em toda festa infantil

1.
A criança que chora a festa inteira

2.
A que vomita

5.
A criança que cresceu primeiro (e muito) e ganha todas as gincanas

8.
Algum engraçadinho que fica adulterando a letra do "Parabéns pra você" ("É p*c@, é p*c@)

9.
Ou o "É pique, é pique, é r*l@" que todo mundo canta

12.
O priminho mais novo que fica tentando apagar a velinha

13.
O trio de crianças estalando os dedos ao redor das velinhas para tentar fazer a mágica de aparecer de novo

14.
O tio comilão dos salgadinhos da festa

17.
O trio de meninos correndo por entre todas as mesas

3.
A que cai
e se machuca

4.
O monitor irritante
que fica cantando
e tentando convencer
todos os convidados
(TODOS)
a executarem suas
coreografias

6.
A mãe que vem
arrumada demais,
de salto alto e
maquiagem feita
no salão

7.
A criancinha
que fica roubando
o brigadeiro
antes do
"Parabéns"

10.
A moça que grita
"E pro Pedrinho
nadaaa" antes
da mãe e do pai,
roubando
o momento

11.
O
"Com quem será"
sempre
constrangedor

15.
O chato/revoltado
querendo discutir
política no meio
da gritaria
das crianças

16.
O bebê que jogou
bolo de aniversário
em si próprio,
na camisa do pai,
no cabelo de
outra criança

18.
A criança que
até está com
vontade de interagir,
mas acha mais lucro
chorar e pedir colo
para a mãe

19.
A tia inconveniente,
perguntando
para todo mundo:
"Quando
vem o seu, hein?"

QUAL É O FILME?

E se clássicos do cinema tivessem sido produzidos no Brasil?

CONTÉM SPOILERS

1

Marina Ruy Barbosa e Kayky Brito são duas crianças vítimas de um naufrágio que agora vivem isoladas em uma pequena ilha deserta de Santa Catarina. Sem repressão social ou qualquer orientação de adultos, vivem a experiência dos primeiros sinais da puberdade juntos e se apaixonam.

Eles têm um filho chamado Enzo. Um dia, uma das escunas que levam turistas para passear pelas praias catarinenses passa pela ilha, mas eles desistem de pedir ajuda. A família cresce unida e feliz. Porém, certo dia Enzo come uma raiz venenosa, tipo uma mandioca, e os pais, inconsoláveis, decidem comê-la também e dar fim às próprias vidas.

RESPOSTA

____

____

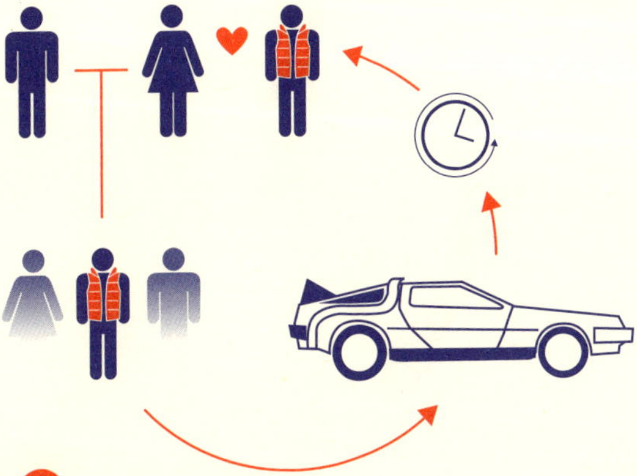

2

Cláudio Heinrich é um jovem estudante que conheceu um professor genial interpretado por Marcos Caruso. O professor tem um Escort XR3 que foi modificado para funcionar como uma máquina do tempo.

Quando estão prestes a testar a máquina, o estudante se vê fugindo do ataque de terroristas furiosos e o Escort acaba atingindo sua velocidade máxima, permitindo que viaje no tempo, de 1985 para 1955. Ele conhece seus pais na época do colégio e sem querer sua mãe acaba se apaixonando por ele. Finalmente, consegue fazer com que os pais deem seu primeiro beijo e garante o próprio nascimento. Com seu futuro a salvo ele pode voltar para casa, graças a um raio que cai em um poste durante um temporal. O curto-circuito reativa o Escort e o jovem retorna para o presente.

RESPOSTA

____

____

3

Um cientista interpretado por Marcos Frota constrói uma máquina com um raio encolhedor. Acidentalmente, ele encolhe seus próprios filhos, interpretados pela "menina" Maisa Silva e por Yudi Tamashiro. Marcos Frota perde os filhos no próprio quintal de casa, que se tornou uma selva perigosa por causa de animais gigantes como formigas, baratas e o terrível mosquito da dengue. Agora o desafio é encontrá-los para poder fazê-los voltar ao tamanho normal.

RESPOSTA

____

____

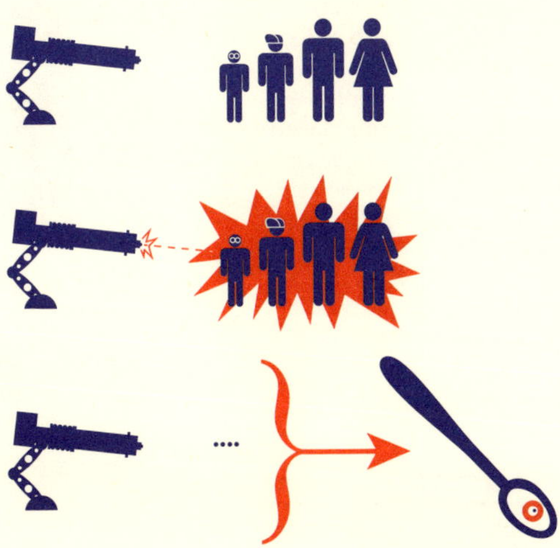

4

Chay Suede é um adolescente que finge estar doente para tirar um dia para curtir com sua namorada, interpretada por Sophie Charlotte, e com seu amigo, interpretado por Caio Castro. Ele engana o diretor da escola onde estudam, interpretado por Antônio Fagundes, para matar aula dizendo que a avó da garota morreu. Eles fogem pela ponte Rio-Niterói no Monza zerado do pai do amigo para curtir o dia na Cidade Maravilhosa. Enquanto isso, o diretor e a irmã do protagonista, interpretada por Fernanda Souza, tentam desmascarar a farsa.

RESPOSTA

____

____

5

A família do adolescente Luciano Amaral, que interpretou Lucas Silva e Silva, viaja para o Guarujá no dia 24 de dezembro e o esquece em sua casa na zona leste de São Paulo. Como se não bastasse ser esquecido, o garoto percebe que há dois ladrões, interpretados por Eri Johnson e Evandro Mesquita, tentando invadir a casa. Ele então vira a residência de pernas para o ar para tentar atrapalhar os planos dos bandidos.

RESPOSTA

____

____

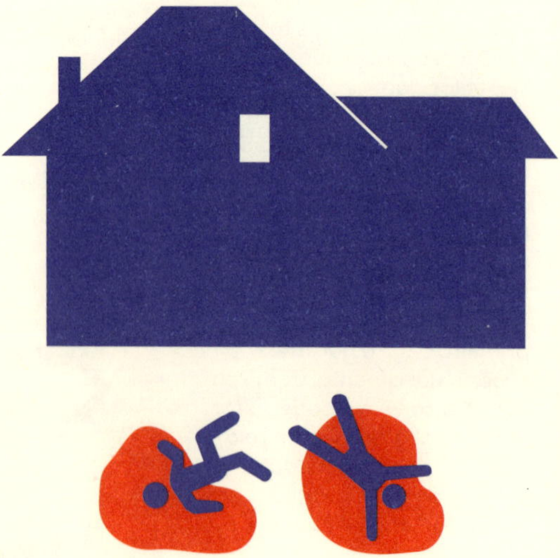

6

Selton Mello é uma espécie de Frankestein, produto de uma criação de um velho inventor que morreu e o deixou sem acabamento, com tesouras de cabeleireiro no lugar das mãos. Ele é descoberto por uma bondosa velhinha, interpretada por Fernanda Montenegro, que o leva para a cidade.

Mesmo com a aparência sombria e os cabelos desgrenhados, ele se torna uma celebridade, e a filha mais velha da velhinha, interpretada por Mariana Ximenes, se apaixona por ele. Mas o namorado dela, um valentão vivido por Thiago Fragoso, fica com ciúmes, e eles travam uma luta mortal.

RESPOSTA

7

Pedro Cardoso e Dira Paes sofrem um acidente de carro logo ao sair de sua casa. Sem perceber que morreram, voltam para a residência, mas descobrem que muito tempo se passou e que a casa está sendo alugada por uma família, formada por uma perua, interpretada por Cláudia Raia, um empresário, interpretado por Herson Capri, e sua filha adolescente, vivida por Fernanda Paes Leme.

O casal então decide pedir ajuda para o mundo dos mortos, mas descobrem que a fila ali é gigante. As trapalhadas para espantar os humanos fazem com que a filha adolescente perceba a presença deles. Os três se unem e pedem ajuda a um fantasma especializado em assombrar novos moradores, interpretado por Matheus Nachtergaele.

RESPOSTA

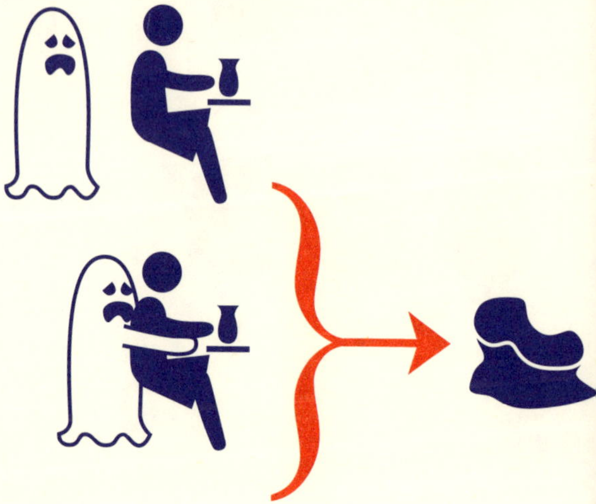

8

Uma ceramista, interpretada por Giovanna Antonelli, e um bancário, interpretado por Thiago Lacerda, formam um casal jovem e feliz. Tudo corre bem até que o bancário descobre que seu chefe estava envolvido em um grande esquema de lavagem de dinheiro. Certa noite, o casal é assaltado na saída de um jantar, e o bandido mata Thiago Lacerda. Depois de algum tempo, ele entende que foi morto a mando de seu chefe e percebe que sua esposa está em perigo. Ele então tenta salvá-la, contando com a ajuda de uma trambiqueira engraçada, interpretada por Cacau Protásio (a Zezé de *Avenida Brasil*), e ao mesmo tempo levar os responsáveis para a cadeia.

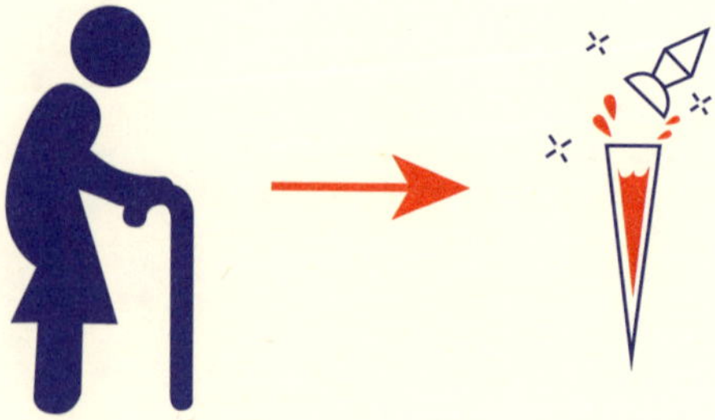

RESPOSTA

9

Uma atriz famosa e muito vaidosa, interpretada por Susana Vieira, rouba o noivo, um cirurgião plástico interpretado por Tony Ramos, de uma escritora de muito potencial, vivida por Christiane Torloni. A mulher rejeitada se torna uma pessoa recalcada e infeliz, mas depois de anos resolve lançar um livro de dietas infalíveis. Na noite de autógrafos ela surge deslumbrante, aparentando estar mais jovem do que nunca.

A atriz famosa, que já está sentindo o peso da idade, morre de inveja e resolve se consultar com uma mãe de santo, uma mulher sensual e misteriosa interpretada por Letícia Spiller, que lhe dá um chá feito de ervas que supostamente provocam o rejuvenescimento. Assim, ela descobre que a escritora também tomou o chá. A partir daí, elas começam a brigar pelo cirurgião plástico novamente e a tentar controlar os efeitos colaterais da bebida mágica.

RESPOSTA

___

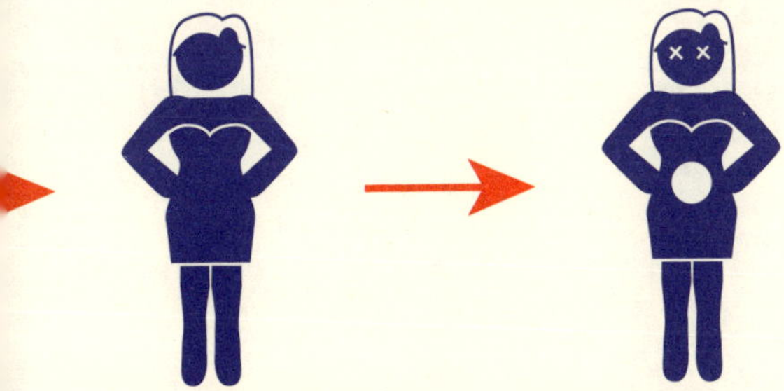

RESPOSTAS

1. *A lagoa azul*
2. *De volta para o futuro*
3. *Querida, encolhi as crianças*
4. *Curtindo a vida adoidado*
5. *Esqueceram de mim*
6. *Edward Mãos de Tesoura*
7. *Os fantasmas se divertem*
8. *Ghost: do outro lado da vida*
9. *A morte lhe cai bem*

NÚMERO DE ACERTOS

- **Se acertou mais de 5**
  Você é um cinéfilo.
- **Se acertou entre 2 e 4**
  Assistiu a alguns clássicos, mas quem sabe você pode assistir a mais alguns.
- **Se acertou 1**
  Nasceu depois de 2000, né? Assiste a uns clássicos, vai.
- **Se não acertou nenhum**
  Não tem TV na sua casa? Vai ter que passar por baixo da mesa...

9

conselhos sobre amor que você gostaria de ter ouvido antes

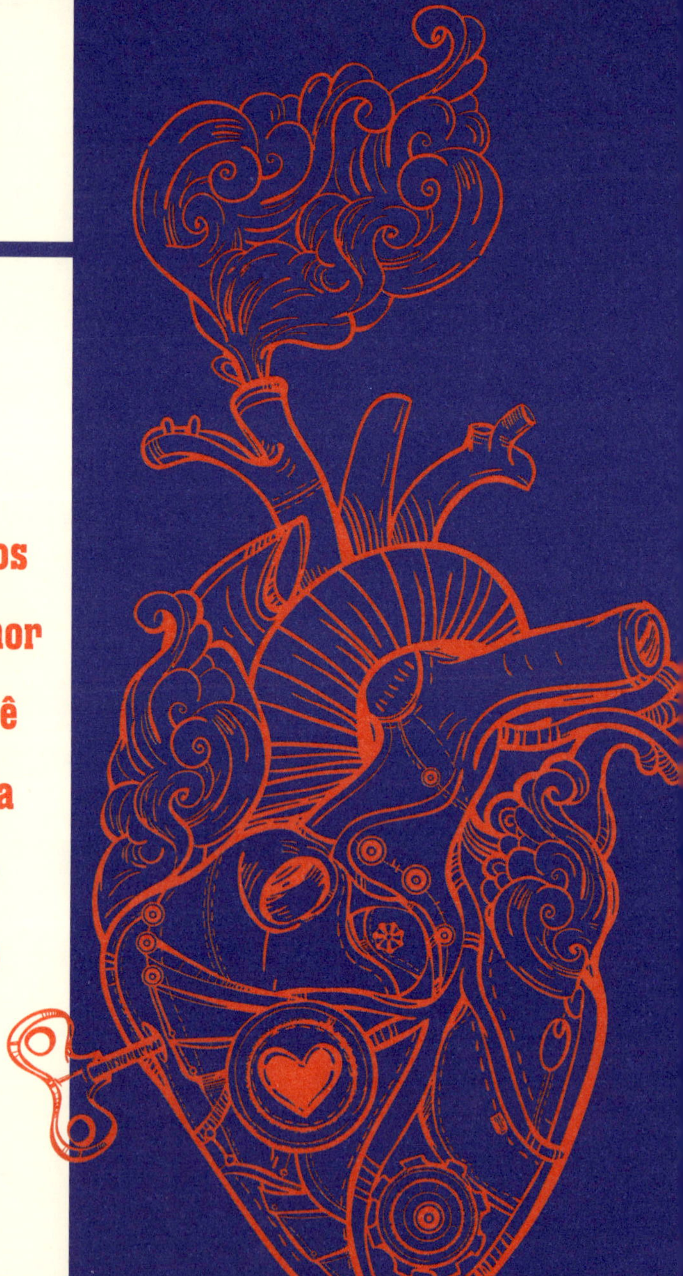

1.

Querer que o primeiro encontro não acabe pode ser um bom indício de que essa é "a" pessoa.

2.

Outro indício de que as coisas podem dar certo: com o tempo, sentir-se confortável na companhia da outra pessoa do jeito que você é, com seus defeitos e os problemas que você sabe que tem (mas não tem coragem de mostrar para mais ninguém).

3.

Não espere nada da outra pessoa. Nada.

4.

Deixe as coisas acontecerem no tempo delas. Lembre que a hora (de oficializar o namoro, morar junto, casar) pode ter chegado para você, mas talvez não para a outra pessoa.

5.

Quando encontrar um problema que parece não ter solução, tente analisar as coisas de forma crítica para ver se você também não é parte do problema. A caraminhola pode estar na sua cabeça.

6.

Seja paciente com as diferenças da outra pessoa. Isso, na verdade, pode ser bem divertido.

7.

Resolva seus próprios problemas, busque uma vida confortável para si mesmo(a), tenha seus hobbies, sua vida profissional em dia e boa autoestima. Como diz RuPaul, "se você não é capaz de amar a si mesmo, como será capaz de amar os outros?".

8.

Planeje viagens e outros momentos muito legais para compartilhar.

9.

Não tenha medo do amor e de agir como besta quando ama alguém.

20

pagodes essenciais dos anos 90 em uma linha do tempo

Raça Negra era uma banda ainda com cara de pagode com pé nos anos 80. Lançado em 1991, "Caroline" foi um dos primeiros hits da banda.

CAROLINE
RAÇA NEGRA

1991

SEJA MAIS VOCÊ
GRUPO RAÇA

Também um pagodão de classe, de 1991. Para lembrar, este é o refrão:

"Então, se fechar pra quê?/ Seja mais você/ Peço por favor/ Solte o teu amor/ Pra sorrir depoooois/ E pra ser sincero tudo que mais quero é no fim nós dois".

Talvez o melhor pagode de todos os tempos. Quem saberá dizer? Mas aquele

"dig dig dig iê iê"

nunca passa batido. No mesmo ano, Raça Negra emplacou a romântica "Cigana" e no ano seguinte, "Ciúme de você", praticamente um pagode para a família toda curtir. Em 1995, foi a vez de "É tarde demais" ficar entre as mais tocadas do ano.

CHEIA DE MANIAS
RAÇA NEGRA

CIGANA
RAÇA NEGRA

1992

O TEU CHAMEGO
GRUPO RAÇA

No ano seguinte, o grupo emplacou "O teu chamego",

(*"O teu chamego é meu xodó/ O teu xodó me faz um bem/ Quando estou perto de você/ Não vejo mais ninguém"*),

ideal para cantar com os amigos na roda de samba.

1993

DOMINGO
SÓ PRA CONTRARIAR

QUE SE CHAMA AMOR
SÓ PRA CONTRARIAR

A BARATA
SÓ PRA CONTRARIAR

O SPC estreou cavando um espacinho no coração dos pagodeiros que até então eram fiéis ao Raça Negra. De uma vez só emplacaram "Domingo", a ultrarromântica "Que se chama amor" e o pagode-pra-zoar-com-os-amigos "A barata". Em 1997, foi a vez de "Depois do prazer" e, em 1998, "Sai da minha aba".

Quando Délcio Luiz era vocalista do Grupo Raça, compôs "Eu e ela"

(*"Numa linda noite bela/ Saímos pela madrugada/ Ela e o namorado dela/ Eu e minha namorada"*),

sucesso de 1994 em parceria com Ronaldo Barcellos, autor de "Feliz aniversário". Anos depois, em 1998, Délcio emplacou dois hits à frente do grupo Kiloucura: "Meu casamento" e "Pela vida inteira".

EU E ELA
GRUPO RAÇA

CIÚME DE VOCÊ
RAÇA NEGRA

É TARDE DE MAIS
RAÇA NEGRA

1994

19

VERGONHA NA CARA
GINGA PURA

CAÇAMBA
MOLEJO

Esta é aquela que começa com *"Eu preciso dela/ Só penso nela/ A cada segundo// A vida sem ela/ É uma janela/ De costas pro mundo."* É um teletransporte para os anos 90.

1994 foi o ano em que conhecemos Molejão com "Caçamba" – e nossa vida nunca mais foi a mesma. Em 1997 chega a "Dança da vassoura" e "Brincadeira de criança".

NOTA DA AUTORA

Grande destaque do ano de 1995 foi essa homenagem à instituição do negão-magia, que ficou no top 10 das músicas mais tocadas nas rádios brasileiras.

LÁ VEM O NEGÃO
CRAVO E CANELLA

95

VOLTA PRA ELA
ELIANA

Eliana foi uma das poucas mulheres a ficar no top dos pagodes mais executados dos anos 90. "Volta pra ela" era um grude nas rádios em 1995.

Katinguelê chegou chegando e emplacou de uma vez só, em 1996, as românticas "Recado à minha amada" e "No compasso do criador", do CD homônimo. Em 1999 veio "Inaraí".

RECADO À MINHA AMADA
KATINGUELÊ

NO COMPASSO DO CRIADOR
KATINGUELÊ

NOTA DA AUTORA

O ano de 1996 também viu o lançamento do hit "Cilada", hino de todos que já acharam, erroneamente, que iriam viver uma história de amor.

CILADA
MOLEJO

1996

ABSOLUTA
NEGRITUDE JUNIOR

TANAJURA
NEGRITUDE JUNIOR

COHAB CITY
NEGRITUDE JUNIOR

Negritude Junior também emplacou duas em 1996: "Tanajura" e "Cohab City"

[*"Tô chegando na Cohab/ Pra curtir minha galera// Dar um abraço nos amigos/ E um beijinho em minha cinderela"*].

O hit foi um dos primeiros do Art Popular e faz parte do CD *Nova era*. O CD do próximo ano, *Temporal*, fez sucesso com a faixa de mesmo nome e também com "Pimpolho". Em 1997, o grupo emplacou "Pagode da amarelinha" e "Fricote".

PAGODE DA AMARELINHA
ART POPULAR

BOM BOCADO
ART POPULAR

DEPOIS SO PRAZER
SÓ PRA CONTRARIAR

1997

DANÇA DA VASSOURA
MOLEJO

DERÊ
SOWETO

BRINCADEIRA DE CRIANÇA
MOLEJO

FAROL DAS ESTRELAS
SOWETO

BÚZIOS E TARÔ
SOWETO

Em 1997, Derê "apresentou" Soweto ao Brasil. Com o lançamento de *Farol das estrelas*, o grupo emplacou o hit de mesmo nome e ainda "Búzios e tarô".

TEMPORAL
ART POPULAR

MEU CASAMENTO
KILOUCURA

SÓ NO SAPATINHO
GRUPO SÓ NO SAPATINHO

19

FELIZ ANIVERSÁRIO
RONALDO E OS BARCELLOS

SAI DA MINHA ABA
SÓ PRA CONTRARIAR

PIMPOLHO
ART POPULAR

PELA VIDA INTEIRA
KILOUCURA

"Telegrama" e "Gamei" foram os sucessos de estreia do Exalta, que contava com Chrigor e o jovem Péricles, na época com 26 anos. *Cartão postal*, álbum de 1998, tem a música de mesmo nome e também "Me apaixonei pela pessoa errada". É considerado um dos melhores álbuns do pagode 90 (pela autora), ao lado de "Farol das estrelas", do Soweto.

TELEGRAMA
EXALTASAMBA

GAMEI
EXALTASAMBA

98

1999

Essa é aquela que você cola no Facebook dos seus amigos quando eles fazem aniversário. Ronaldo Barcellos é compositor desse sucesso e de outras parcerias, como "A namoradeira", do Grupo Pixote, e "Paparico", que foi escrita em parceria com Délcio Luiz (Grupo Raça, Kiloucura) e virou sucesso com o grupo Molejo. Ele também foi intérprete das aberturas brasileiras dos seriados *Jiban* e *Jiraya*.

PRIMEIRO BEIJO
GRUPO MALÍCIA

INARAÍ
KATINGUELÊ

Instagram: o que está por trás de cada curtida?

Para compartilhar, você pode usar a hashtag

#LivroDasListas

#LivroDasListas

"Oi, passei para retribuir o coração que você me deu na semana passada, tá?"

"Ei, eu tô vendo esse evento aí e que você não me convidou."

"Rapaz, que saúde!"

"Óunnn, eu shippo muito este casal."

"Amiga, eu amo você. Você é linda. Dá até um pouquinho de inveja, na verdade."

#LivroDasListas

"Bom saber que estamos felizes." (Entonação de indireta)

"Já entendi que você está viajando. Vou dar like só nesta e nas outras não para ver se você se toca e não instagrama tooodas as viagens."

"Me chama da próxima vez?"

"Preferia que fosse só você na foto, mas vou dar like mesmo assim."

"Oi, estou aqui te apoiando, tá?"

"MEU DEUS. QUERO. ESTE. CACHORRO/GATO. PRA MIM."

"Tá apaixonado mesmo, hein?"

"Humm, bom saber que este restaurante é bom."

"Viu meu curtir? Pois é, estou aqui. He he."

As 8 leis mais absurdas do Brasil

1.

PROIBIDO COMER MELANCIA

A melancia foi proibida em Rio Claro, no interior de São Paulo, em 1894, por suspeitas de que a fruta transmitia doenças como febre amarela e tifo.

2.

PROIBIDO TER FORMIGUEIROS EM CASA

Você teria de pagar uma multa de 2,5% em cima do valor de um salário mínimo se a polícia descobrisse que sua casa tinha um formigueiro, segundo uma lei também em vigor em Rio Claro, em 1965.

3.

PROIBIDO TER ERROS DE GRAMÁTICA EM FAIXAS E BANNERS

Uma lei multava em cem reais quem fizesse faixas e banners com erros gramaticais, e a multa subia para quinhentos reais para infratores donos de outdoor. A lei entrou em vigor em 1997 em Pouso Alegre (MG).

4.

PROIBIDO MOLESTAR BALEIAS E GOLFINHOS

A pena para quem molestar qualquer tipo de cetáceo em águas brasileiras ainda está em vigor e pode chegar a 2,5 mil reais, segundo o decreto 3179.

5.

A PENA É MAIOR PARA QUEM COMETE CRIMES ECOLÓGICOS AOS DOMINGOS E FERIADOS

Segundo a lei número 9605, de 12 de fevereiro de 1998, ainda em vigor, torna-se um agravante aos crimes ambientais o fato de serem cometidos aos domingos e feriados.

6.

PROIBIDO USAR MÁSCARAS DURANTE O CARNAVAL

A medida foi tomada pela prefeitura de São Luís, no Maranhão, em 2009, tentando prevenir a violência na cidade.

7.

PROIBIDO USAR MINISSAIA

Em 2007, as mulheres de Aparecida, no interior de São Paulo, foram proibidas de usar minissaia. A lei do então prefeito José Luiz Rodrigues, apelidado de "Zé Louquinho", foi encarada com revolta.

8.

UM AEROPORTO PARA EXTRA-TERRESTRES

Em 1995, o então prefeito de Barra do Garças (MT) aprovou uma lei que delimitava uma área da cidade para a criação de um aeródromo interespacial. O projeto ficou conhecido como "Discoporto", mas infelizmente não saiu do papel.

29

desafios que toda mulher brasileira perto dos 30 anos precisa enfrentar

1.
Andar sozinha à noite.

2.
Mandar bem no emprego e cuidar da casa com o mesmo nível de dedicação e sucesso.

3.
E também das unhas.

4.
E desse cabelo mal hidratado.

5.
Parecer jovem, mas ao mesmo tempo responsável.

6.

Parecer gostosa, mas ao mesmo tempo elegante.

7.

Corrigir de vez a postura, os dentes e a pele – você já está perto dos 30 anos!

8.

Comprar roupas que caibam no seu orçamento, mas que tenham algum estilo.

9.

Usar ou não aplicativos de encontros, como o Tinder.

10.

Saber cozinhar coisas saudáveis e saborosas.

11.

Admitir que cupcakes nem sempre são tão bons.

12.

Começar de vez uma aula para aprender aquela coreografia da Beyoncé.

13.

Não ser a Beyoncé.

14.

Nem a Cleo Pires, nem a Sabrina Sato, nem a Gisele Bündchen.

15.

Admitir que você não foi e nunca será uma paquita.

16.

Fingir que desta vez você irá escutar o conselho dos seus pais sobre uma previdência privada.

17.

Não saber ainda se quer se casar (e fazer sua mãe entender isso).

18. Muito menos saber se você quer ter filhos.

19. Tomar ou não tomar anticoncepcionais.

20. Estar em dúvida se adota um gato ou um cachorro.

21. Perder uns três quilinhos.

22. Entender e explicar os diferentes tipos de feminismo.

23. Encontrar o biquíni certo para o seu tipo físico.

24. Convencer-se de que todo mundo tem celulites (e que isso é normal).

25. Entender o que é glúten free, transgênico, radical livre...

26. Lidar com as dezenas de amigos do seu Facebook tendo filhos e postando fotos dos bebês recém-nascidos na sua timeline.

27. Chás de bebê. Muitos!

28. Confiar que você tem tomado as decisões certas para a sua carreira.

29. Sonhar que você pode ser feliz, ainda que todo mundo e as notícias pareçam dizer que é impossível.

8

coisas comuns nas redes sociais que seriam muito estranhas se você fizesse na vida real

1.

Acompanhar uma conversa entre desconhecidos, por exemplo na mesa ao seu lado, e levantar a mão dizendo que você concorda com certo ponto, assim como você faz quando favorita alguém conversando com outra pessoa na timeline do Twitter.

2.

Abrir o álbum de fotos de alguém por quem você está interessado e olhar atentamente pras fotos da pessoa, vendo cada detalhe nas de biquíni, aproximando as fotos do seu rosto, assim como você faz quando está stalkeando alguém no Instagram.

3.

Cutucar alguém atraente na rua ou no metrô.

4.

Dar uma estrela para uma pessoa na rua quando ela falar uma coisa legal – e não era necessariamente com você que ela estava falando.

5.

Começar a falar sobre um assunto, do nada, em voz alta, como fazemos na timeline do Twitter.

6.

Revirar os olhos na frente da pessoa quando a vir falando alguma baboseira, como você faz ao ler certos posts no Facebook.

7.

Seguir alguém que você admira pela rua durante horas e parar ao lado da pessoa para ouvir a conversa dela com outras pessoas.

8.

Simplesmente sair de uma sala ou fechar a porta da sua quando alguém fala algo com o que você não concorda, como você faz em todas as redes sociais.

31

cidades brasileiras terminadas em "lândia" que você nunca imaginou que existissem

OURO**LÂNDIA** BA

RETIROLÂNDIA BA

SERRO**LÂNDIA** BA

TEOFILÂNDIA BA

TEO**LÂNDIA** BA

BREJOLÂNDIA BA

CATO**LÂNDIA** BA

ACRELÂNDIA AC

EPITACIO**LÂNDIA** AC

HIDROLÂNDIA CE GO

MARI**LÂNDIA** ES

ADELÂNDIA GO

AURI**LÂNDIA** GO

CASTELÂNDIA GO

DAMO**LÂNDIA** GO

DOVERLÂNDIA GO

GOUVE**LÂNDIA** GO

INACIOLÂNDIA GO

ISRAE**LÂNDIA** GO

IVOLÂNDIA GO

NOVA BRASI**LÂNDIA** MT

NOVA MARILÂNDIA MT

RONDO**LÂNDIA** MT

FELIXLÂNDIA MG

FUNI**LÂNDIA** MG

GLAUCILÂNDIA MG

LUIS**LÂNDIA** MG

MAURILÂNDIA GO

NIQUE**LÂNDIA** GO

PORTELÂNDIA GO

TURVE**LÂNDIA** GO

Atores e personagens da TV e do cinema que você provavelmente não imaginava que tinham a mesma voz no Brasil

MACAULAY CULKIN
Esqueceram de mim 1 e 2

BART SIMPSON

FRED
Scooby Doo

Todos eles são dublados por **PETERSON ADRIANO.**

HAGRID
Harry Potter

MAGNETO
X-Men

DINO
Família dinossauro

Todas essas voz são feitas pel dublador **JOSÉ SANT CRUZ.**

EDDIE MURPHY
O professor aloprado

JOHN TRAVOLTA
Os embalos de sábado à noite

Os dois são dublados por **MARIO JORGE DE ANDRADE.**

TERRY CREWS
As branquelas

HEATH LEDGER
Batman, o cavaleiro das trevas

WILL SMITH
Bad Boys e Independence Day

MÁRCIO SIMÕES dubla os três.

ANGELINA JOLIE
Tomb Raider

DREW BARRYMORE
Como se fosse a primeira vez

MEG RYAN
Cidade dos Anjos

MIRIAM FICHER
é a dona dessas vozes no Brasil.

HAN SOLO
Star Wars

GOLLUM
trilogia *O hobbit*

SAWYER
Lost

Os três personagens são dublados por
GUILHERME BRIGGS.

CHAVES

CHARLIE BROWN

MARCELO GASTALDI
é o cara das vozes desses dois.

ARNOLD SCHWARZENEGGER
O vingador do futuro

ROBIN WILLIAMS
Gaiola das loucas

JEAN-CLAUDE VAN DAMME
O grande dragão branco

GARCIA JUNIOR
é quem dubla os três atores.

SHREK
desde o falecimento de Bussunda

PUMBA
O rei leão

DOUTOR BROWN
de *De volta para o futuro (1, 2 e 3)*

Eles são dublados por
MAURO RAMOS.

KATE WINSLET
Brilho eterno de uma mente sem lembranças

UMA THURMAN
Kill Bill

SALMA HAYEK
Frida

ELEONORA PRADO
é a dubladora dessas atrizes.

MORTÍCIA ADAMS
A família Adams

CHIQUINHA

MEG RYAN
Cidade dos anjos

Todas são dubladas por
CECÍLIA LEMES.

DUMBLEDORE
Harry Potter

TIO PHILL
Um maluco no pedaço

O dublador desses dois é
LAURO FABIANO.

15 coisas que você precisa saber acerca da reportagem do *Fantástico* sobre o ET de Varginha

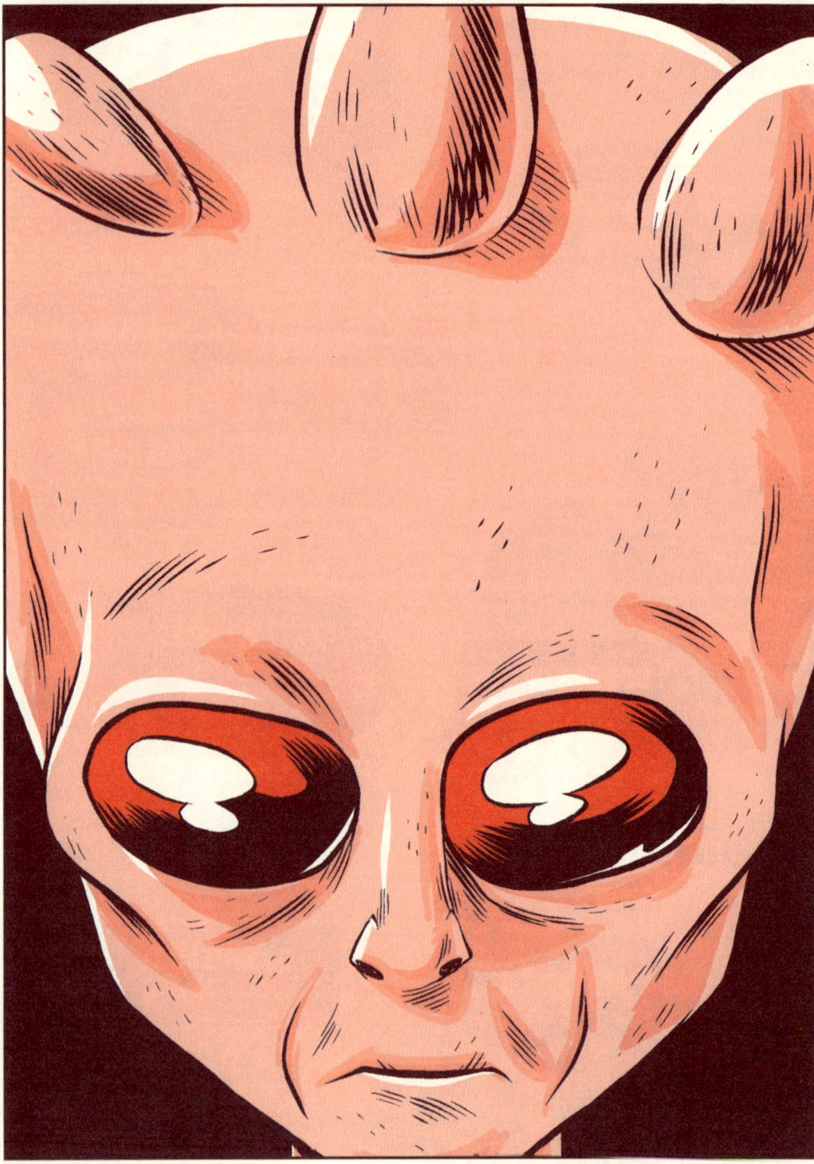

1. Os nomes das meninas que supostamente viram o ET são Kátia, Valquíria e Liliane. Elas tinham 22, 14 e 16 anos, respectivamente, na época. Valquíria e Liliane são irmãs e Kátia era amiga delas.

2. A reportagem mostrou a primeira vez em que elas voltaram ao lugar da aparição, que aconteceu em 20 de janeiro de 1996, um sábado.

3. Elas atravessavam um terreno baldio por volta das 14 horas e de repente viram "uma coisa estranha, redonda", e ficaram com tanto medo que começaram a correr. Quando estavam correndo, olharam para trás e o viram na mesma posição. "Não mexeu nada", disse Valquíria.

4. Liliane disse que "ele tinha pernas e braços normais, de um homem normal, mas olhamos direito e não era um homem, tinha chifres, a pele marrom parecendo que passou óleo no corpo. Tinha um pé grande, olhos superarregalados, vermelhos".

5. Elas completam dizendo que ele tinha veias estufadas, como se tivesse lutado, e que estava agachado com a mão no meio das pernas.

6. A reportagem mostrou a nota do Corpo de Bombeiros de Varginha, que informava que eles não tinham sido acionados para capturar um extraterrestre e que "se fossem acionados para isso não saberiam qual seria a reação".

7. Em seguida, aparece a mãe de Liliane e Valquíria, Luiza Helena da Silva, dizendo que acreditava na história das filhas. Ela achava que o ET não havia sido capturado e que estaria "escondido no bosque de eucaliptos próximo ao terreno".

8. Duas testemunhas com voz distorcida parecendo a do Pato Donald disseram que o porteiro do Hospital Regional havia visto o ET passar por lá e que fora transferido para outro hospital.

9. O diretor do Hospital Regional, Adilson Usier, negou a entrada do ET no hospital, e o prefeito em exercício na época, Paulo Vitor Freire, disse que faria o possível para tranquilizar a população, mas que não havia "nenhum indício concreto sobre o caso".

10. A reportagem mostrou a opinião do advogado e ufólogo Ubirajara Rodrigues, que apareceu na TV dizendo que a história parecia autêntica. "Existem, por parte das garotas, manifestações de distúrbio emocional que nos levam a crer que elas estão dizendo a verdade", revelou ao *Fantástico*.

11. O advogado, que já havia atuado em outro caso de óvnis em Baependi, cidade próxima de Varginha, disse que "parece que algo estava sendo escondido e mantido em sigilo através de um processo de desinformação na cidade de Varginha". "E se este material estava aqui, provavelmente já não esteja mais", disse.

12. A reportagem mostra um homem e diz que ele é uma testemunha-chave no caso Varginha por supostamente "ter visto dois caminhões do Exército entrando na cidade", mas o cara apenas aparece rindo e afastando o microfone da mão do repórter.

13. Em seguida, aparecem imagens da entrada da Escola de Sargentos das Armas e um oficial dizendo que não houve nada de estranho no dia 20 de janeiro. A narração de Celso Freitas diz: "Mas outro oficial, que não quis se identificar, disse ter visto uma movimentação anormal naquele dia".

14. Por fim, a mãe pede para investigar para ver o que é isso, porque as meninas estão muito nervosas. "O pessoal leva na brincadeira, mas isso é coisa séria".

15. A reportagem termina com a frase "a polêmica do ET divide uma cidade inteira". A câmera mostra o muro sem nada do terreno baldio e em seguida se volta para o céu.

Verdades do WhatsApp

MENSAGEM
Oi, quer jantar na próxima terça?

SUA RESPOSTA
Putz, só posso na quinta

O QUE VOCÊ REALMENTE QUERIA DIZER
Não recebi ainda, estou só com o dinheiro para comer um pão com ovo amanhã.

MENSAGEM
Vamos pro bar? Vai eu, fulano e beltrano

SUA RESPOSTA
Ah, que pena, hoje não posso, tenho que finalizar um projeto

O QUE VOCÊ REALMENTE QUERIA DIZER
Não suportaria dividir uma mesa com aquele mala do fulano novamente.

MENSAGEM
Tá ocupado? Pode falar?

SUA RESPOSTA
Posso sim

O QUE VOCÊ REALMENTE QUERIA DIZER
Na verdade, estou no meio do número 2, mas você não me atrapalha nem um pouco.

MENSAGEM
Tô chegando. Pego uma mesa pra gente?

SUA RESPOSTA
Pode pegar! Estou no táxi, a caminho

O QUE VOCÊ REALMENTE QUERIA DIZER
Tô terminando de passar a maquiagem e vou chamar um táxi pelo aplicativo.

MENSAGEM
Olá, confirmada a reunião?

SUA RESPOSTA
Sim, estou a caminho, preso no trânsito

O QUE VOCÊ REALMENTE QUERIA DIZER
Esqueci completamente desse compromisso e estou correndo para pegar um táxi.

MENSAGEM
Tá tudo bem hoje? Te achei estranho

SUA RESPOSTA
Sim, só um pouco cansado

O QUE VOCÊ REALMENTE QUERIA DIZER
Tomei um toco hoje, tô arrasado e quero morrer.

6

músicas que você cantou sem saber o real significado

1. "COTTON EYE-JOE", *gravada pelo Rednex, fala sobre DSTs*

Aquele country meio doido que todo mundo dançava nas festinhas dos anos 90 e que dizia **"Where did you come from, where did you go? Where did you come from, cotton-eye Joe?"** fala sobre exames para detectar DSTs. Mais precisamente sobre quando o médico introduz uma espécie de cotonete no pênis. A música da banda Rednex faz parte do álbum *Sex & Violins*, gravado em 1994.

2. "ZOMBIE", *do Cranberries, é uma música de protesto*

Já essa música não tem nada de sensual nem de zumbis, por exemplo. A música foi escrita para homenagear dois garotos, **Johnattan e Tim, que foram mortos no ataque do IRA**, o Exército Republicano Irlandês, nos bombardeios de Warrington, na Inglaterra, em 1993.

3. "EVERY BREATH YOU TAKE", *do The Police, conta a história de um stalker*

Se você nunca ouviu falar disso, chegou a hora de saber a verdade: o personagem da música stalkeia sua ex por todos os lugares onde ela anda e diz que vai estar ali observando qualquer passo que ela der (**"Every step you take, I will be watching you"**). Até Sting disse que não sabe como as pessoas não enxergam que essa letra, na verdade, é "estranha e sinistra".

4. "2 BECOME 1", *das Spice Girls, promove o uso da camisinha*

A partir de agora você poderá entender o **"Be a little bit wiser, baby/Put in on, put it on"**, ou, em português, "seja um pouco mais sábio, baby, coloque isso, coloque isso", que as Spice Girls queriam dizer.

5. "ALL THAT SHE WANTS", *do Ace of Base, é sobre uma mulher louca para ter um bebê*

Na verdade, isso é até dito explicitamente na letra **"All that she wants is another baby"** (Tudo o que ela quer é outro bebê), mas tudo é cantado de forma tão moderninha e dançante que nem dá para perceber. Como a gente nunca atinou para isso, já que a última estrofe diz **"so if you are in sight and the day is right/ she's a hunter you're the fox"** ("se você estiver na mira e for o dia certo/ ela é o caçador e você é a raposa)?

6. "LIKE A PRAYER", *da Madonna, não é tão religiosa assim*

A música inteira ganha outro significado quando você interpreta a frase **"I'm down on my knees/ I wanna take you there"** (Eu estou de joelhos/ eu quero te levar até lá) de uma maneira... hum, digamos, um pouco mais sexual.

7 passos para escapar de um taxista que começa a comentar política raivosamente, estragando o seu dia

1.
Verifique quais obstáculos estão à sua frente: rua movimentada? Viaduto? Rio? Rua em obras?

2.
Escolha uma rua mais tranquila ou ainda algum tipo de solo que amorteça a sua queda: grama ou sacos de lixo amontoados, por exemplo.

3.
Prepare-se para a sua saída: pode ser durante uma troca de marcha, por exemplo.

4.
Abra a porta completa e silenciosamente para o taxista não perceber.

5.
Pule em um ângulo oposto ao que o carro está se movendo*.

6.
Transforme seu corpo numa bola antes de tocar o chão, encostando o queixo no peito e abraçando suas pernas. Caso não seja óbvio: role para longe de outros carros.

7.
Levante-se e limpe sua roupa, agindo como se tudo isso fosse apenas um tropeço. Não se esqueça deste livro!

AVISO 1
Isto pode ser extremamente danoso para a sua saúde e integridade física.

AVISO 2
Por outro lado, o mesmo pode ser dito sobre a conversa com o taxista também, então você é que escolhe.

ALTERNATIVAS

1.
Use fones.

2.
Diga que vai descer "aqui mesmo" e pague o táxi.

* Dica encontrada no site The Art of Manliness.

TÁXI

Encontre trechos de 7 músicas famosas do Charlie Brown Jr. no caça-palavras

1. MEU ESCRITÓRIO É NA PRAIA
2. PARECIA INOFENSIVA, MAS TE DOMINOU
3. SE NÃO EU QUEM VAI FAZER VOCÊ FELIZ
4. ELA ACHOU O MEU CABELO ENGRAÇADO
5. VOU ME EMBALAR, VOU DAR UMA FESTA
6. FIM DE FESTA, OLHO PRA ELA, ELA SORRI PRA MIM
7. LIVRE PRA PODER SORRIR, SIM

V B A Ê S E N Ã O E A C W Q A G Ã Z R J R A U F A E A T L A N A I A E Q A
S A E A E D M A M A Z A O A G F B A O A L A E A O N S R D A G E L I A F B
A Q A R N A Q A E P O G A Q A F A Z A S A G É A F M E U L A S O A P L I E
Z M F A Ã D M C Q A O A V A O J V Ê A E L D A H A O M A U J P H P G A M A
A S A F O F A Ê M I A E Q A F A Ã P F A P A U A J A T M A L S O A P K D C
O R K M E A F A R R E A Z A C E A N A D A S O K R T R I B A U A K E P E A
Z A M A U Ê C M A Q A N T Z A M Z Ê A P P A M A W U A P A W J P A P A F D
F E Q A Q A R A E A V A O V C A J O T A H P J W M A P F B A P S V L N E A
A R A C U Q Z A O Ê F A I F A Z E R A R N A E A N A W E A W A L V A Y S J
F A I N E T Ã M O A G M A I G E U A W E T C R F I M E A H A M A O N L T G
A F H A M N G I A S A R N A M A E O A C T A U A B P Y F A P A F U J I A D
H I P N V A U F N F E B A O F E I D A I S E A P N A E A E I H A M A J O A
A U A G A T A P A U A P F B A B G A J A A M J A F V O C Ê A S F E G S L N
O G Ã J I A N I Ã F J A M A G T Ã M A I R A Q J A U G Ã A E J A E A J H C
N A O N F A U A I A E H A E S A H D I N I I A F E D S R Q T A R M E A O A
A B R R A N H O E T O A G A U A O W A O E X H A B Z A P A J U R B R Ã P R
O A G A Z C B É Ã U L B I U A E M D R F F D A S A M Ã A Q A F A A O U R É
A J A W E O A S E F A E J A D A S A D E R M E A T D S J A I A Q L A D A C
Z A G A R M U Y A E L A R O S O P C A N E A I L Q A O A N M U A A G I E A
A W E U V P A R E L A S A Y P S E A R S P S S P U M E Q A I Y G R A E L E
M A E N O L H T R I S E T A M B A D A I I C D A E A Y A D M S E V P Y A P
R H A Q C I T D F Z A J Z S H A Q A S V T A Y F M D A P F A F A O A I E N
A R A E Ê C A P A R F A R T F Y A O B A I Ó A C V S A Q S F G B U H A L A
O P U A F A R A O D B R P A Z A H A C M N A R A O U I A F A H A D A O A O
A R A B E D A B Q F A S A R H F Y O C A H O A I S A B H A Q E D A D P S S
H A C A L A O F B A Q A G A B A C A D S A C O B O P H O A G A I R G A O I
F E L I I Z A P A H J G A H A Y Q A J T N G A F A É A C Y J Q D U A P R A
Q A C A Z A Z A H A H X F J R P A C D E M A I O S A N C T F P A M I A R S
F C A H T D A Q A M D A É X N R J I A D I E L Ã Q I O A O A D P A F A I D
A D A O A T H F S O R R I G B T A N S O A C M A I N F A P F T O F A S P F
Q A Z A F A L F A Z A M U A E A C H A M F A R O H A Z E R R R F E P A R A
H A F I V F A C M U M A T A O N A O G I S F L A G A H O A G A R S A U A B
A L Z A D A G A H A F O A C A H F A O N A N L M A B A F A N Y I T Ó A M A
Q A U A S A D F A Z E R A F I M A F A O B A D N Ó A C A N E C A A Y N I Ó
M H A G A U C A L A G A C A M D L A D U A C A B M E A G Ó A H F Y N A M A
B A G A N H U A B A Q F A J R A A C A C A B C Q A Ó A E M A B A V C E A E
M E L A A C H O U O M E U C A B E L O E N G R A Ç A D O S I R F M A P A S
J H A E A Ç L A G L U A U A E S C R I T Ó R I O A S A P A D E O A S O R A
A C J Ç D E A M U A E J C D M A G M A I R A P E O A P O S R M A D A D A I
L A G A H A U A F E A G H A E Ç C R A S A I A I P A R A E I D A O R I R S
A Ç O C E R E L I V R E P R A P O D E R S O R R I R S I M A P S M A E A I
D L A D A C E A Ç A L P D A Ç R L A R I A O A E S M D A I E A R A D A S O
A D G M U F H D A G A Ç L B D A H S A L E V R A S A R G D O M A C S I R A
O A U C A L A U A D A E A H U M A I G S A L I O A R P I A E N R P R A I O

20

coisas que todo mundo faz no trabalho, mas tem medo de admitir

1.

Morre de medo de o chefe chegar bem na hora em que você tem algo suspeito na tela do seu computador, mesmo que tenha ido parar ali sem querer.

2.

Tipo uma foto de alguém em uma pose muito sensual, ou seminu.

7.

Fingir que por acaso terminou tudo o que tinha que fazer bem coincidentemente com o horário em que o(a) colega que tem carro está saindo.

8.

Fazer um barulho estranho com a cadeira sem querer, parecendo que é um pum, e tentar repetir o barulho na sequência para que as pessoas percebam que é A CADEIRA.

3.

Você então se torna o Neymar da mudança de abas do navegador.

4.

Abrir algo suspeito no seu computador do trabalho – afinal, era horário de almoço, ou todo mundo já tinha ido embora.

5.

Provocar uma lambança terrível na área do café, tentar limpar e ficar pior ainda.

6.

Stalkear o(a) novo(a) funcionário(a) gatinho(a) que acaba de chegar.

9.

Deixar escapar uma pequenina bombinha de fedor perto dos seus colegas e agir como se nada tivesse acontecido. Ou culpar o bueiro próximo, ou o rio poluído da Marginal.

10.

Despejar uma obra de arte no banheiro e acionar todos os desodorantes de ambiente para disfarçar o cheiro.

11.

Fingir que anota algo muito importante na reunião, quando na verdade você está escrevendo seu nome no bloco de anotações dezenas de vezes.

15.

Pedir para chegar um pouquinho mais tarde porque acordou "indisposto" (com ressaca).

16.

Ser o cara que, quando ninguém está vendo, aumenta (ou diminui) a temperatura do ar-condicionado.

17.

Fingir que não está ouvindo uma conversa ou um cara mala te chamar porque está com os fones, ouvindo música.

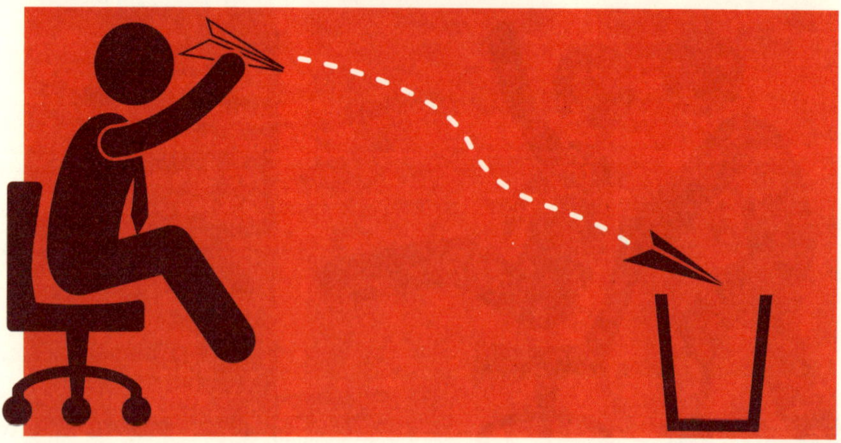

12.

Ou tentando desenhar um cachorro com cara de bobo.

13.

Ser o cara que pergunta se todos podem almoçar um pouquinho mais tarde, já que tem que resolver algo importante antes do almoço.

14.

E esse "lance importante" geralmente é: esperar a fome chegar porque tomou café da manhã muito tarde.

18.

Beber um pouco demais no happy hour da firma e acabar falando umas verdades a mais sobre o colega mala.

19.

Ou abraçar MUITO o colega que você ama, mas tem vergonha de dizer.

20.

Ou TODO MUNDO DA FIRMA. Afinal, esse lugar às vezes é um saco. Mas muitas vezes você gosta dele.

MELHORES DO BuzzFeed

27 coisas que uma mulher com seios grandes gostaria de contar ao mundo

1.

Ter que dar uma corridinha para fazer uma coisa comum, tipo pegar ônibus, é doloroso e humilhante.

2.

A não ser que você esteja vestindo seu sutiã esportivo – o melhor amigo das peitudas –, daí as coisas ficam bem menos terríveis.

6.

Simplesmente não dá para usar cinto de segurança como todos os outros seres humanos.

7.

Você pensa duas vezes ao decidir sair na rua usando uma regata básica. E de três a cinco vezes no dia em que resolve usar decote.

8.

Afinal, qualquer um consegue acompanhar até a sua respiração quando você está de decote.

9.

Usar um tomara que caia é ter muito medo de que a profecia do nome da roupa se concretize.

3.

Você tira uma foto e percebe que seus seios são maiores do que você imaginava.

4.

Você simplesmente não consegue se imaginar saindo sem sutiã.

5.

Dormir de bruços requer várias tentativas. E um travesseiro muito companheiro.

10.

É IMPOSSÍVEL conseguir arrumar o sutiã disfarçadamente. Você pensa que ninguém está olhando, mas acaba de virar o centro das atenções.

11.

Ah, e às vezes o sutiã ganha vida própria e abre sozinho em um lugar público.

12.

Você veste uma camisa e ela estrategicamente exibe uma parte dos seus seios.

16.

Você já teve um sutiã de baixa qualidade, cujo arame do bojo provocou um machucado na pele.

17.

Ou uma alça errada que parecia que ia cortar seu ombro fora.

18.

Nesse dia, você até aceitaria comprar produtos bizarros caso te oferecessem na rua.

22.

No verão, você escolhe o biquíni não pela cor ou porque é bonito. Sua prioridade é que a parte de cima acomode TUDO o que você tem. (E não desate na primeira onda que bater em você.)

23.

Na época de calor também surge a chamada "pizza de peito". (Já aconteceu de você estar distraída e sentir algo andando pela sua barriga. "Meu Deus, um bicho???" Não. Era uma gota de suor. Tão assustador quanto.)

24.

Volta e meia caem migalhas entre os seus seios. (Você se vê decidindo se deve comê-las ou não.)

13.

Você tem em seu histórico algumas experiências terríveis ao usar uma blusa de botões e uma bolsa com alça transversal.

14.

Há momentos em que a roupa está no lugar e o sutiã é que se desloca.

15.

Ou seu peito simplesmente pula para fora.

19.

A parte ruim do sutiã de boa qualidade é o preço.

20.

E quando acha o sutiã do tamanho certo, a sensação é de ter adquirido o melhor produto do mundo.

21.

Sejamos sinceros: seus sutiãs poderiam muito bem acomodar um recém-nascido, caso fosse necessário. Ou servir de cama para seu gato de estimação.

25.

Você viu a Sophie Charlotte em *O Rebu* usando aquele vestido e pensa: "Como deve ser bom ter seios pequenos".

26.

Mas, no fim das contas, você tem orgulho dos seus seios grandes.

27.

E quando finalmente chega em casa, você tem a sensação mais plena de todas ao tirar o sutiã: está livre.

10 elementos nostálgicos da infância

1. O minienroladinho de salsicha que era vendido na cantina da escola (que até hoje você acha irresistível).

2. A leve dor de correr na calçada por causa da chuva usando uma sandália de dedo.

3. O cheiro de um salgadinho daqueles bem amarelos e artificiais.

4. A falta de talento nas aulas de educação física e o buraco no estômago que isso criava.

5. A maior alegria do mundo naqueles dez segundos antes de abrir o embrulho do presente de Natal.

6. Quando umas brincadeiras se misturavam com comida, tipo raspadinha.

7. O Bon Jovi e o Aerosmith escolhidos a dedo na festinha por ter mais de sete minutos (o tempo ideal para dançar a "lenta").

8. A cumplicidade que só a galera do fundão da sala poderia desenvolver.

9. O mico eterno do pai chegando às dez da noite para te buscar na festa.

10. A vontade de crescer logo para poder dirigir e sair sozinho.

10 coisas que você provavelmente já disse durante uma DR

1\. "Você nunca leva a sério quando eu digo que não estou curtindo algo."

2\. "Por que você sempre diz 'eu' e nunca diz 'nós'?"

3\. "Eu que cheguei em você primeiro."

4\. "Você não me trata como trata seus amigos."

5\. "Por que você visualizou minha mensagem no Whats e demorou um século para responder?"

6\. "Até minha mãe acha isso estranho."

7\. "Eu não gosto quando você usa este tom!!!"

8\. "Quem é esse cara que deu like na sua foto do Instagram?"

9\. "Acho que precisamos respeitar nossas individualidades, tirar um tempo para fazer as coisas que cada um de nós gosta."

10\. "Não é você, sou eu."

MELHORES DO BuzzFeed

39 coisas que só quem é apaixonado por dormir pode entender

1.
Acordar cedo:
não.

2.
Levantar assim que o alarme toca: não.

3.
Um estranho acharia que você é louco ao ver a sequência de horários do seu despertador.

4.
No dia em que você finalmente consegue acordar cedo, você está morrendo de sono quando o relógio marca onze horas.

5.
(Quis dizer onze da manhã, tá?)

6.
A fome pré-almoço vem acompanhada de um sooono.

7.
E depois do almoço você apenas não possui mais suas funções motoras básicas.

8.
Você já dormiu cinco minutinhos no banheiro do trabalho, não se importando em fingir que era número 2.

9.
À tarde, você toma litros de café para ver se desperta.

10.
Até que funciona. "Veja, não sou mais aquela pessoa sonolenta como antigamente", você pensa.

11.
E então dá seis da tarde e você se transforma em um zumbi.

12.
Você calcula quantas horas de sono teria se dormisse exatamente agora.

13.
Você secretamente ama a sua cama mais do que aquilo que as pessoas chamam de "socializar".

14.
Você pode sentir o geladinho dos lençóis quando você e sua cama se encontram.

15.
A maciez do seu travesseiro.

16.

O edredom
que te abraça.

17.

O invento que permite
dormir dentro de uma
espécie de edredom
em plena mesa
de trabalho faz total
sentido para você.

18.

Você gostaria que
o próximo presidente
brasileiro criasse
um Bolsa Soneca
no Trabalho.

22.

Segurar na barra
e encostar a cabeça
no seu próprio braço
para dormir:
você consegue.

23.

Quando finalmente
chega em casa, bate
aquela felicidade.
Você está a poucos
metros da sua cama.

24.

Quem disse
que é preciso tirar
os sapatos
para dormir?

28.

Você pode dormir
com qualquer
barulho
à sua volta.
QUALQUER.

29.

O seu ideal
de vida é dormir
dez horas
por noite.

30.

Você possui fácil
um recorde de doze
ou catorze horas
de sono seguidas.

34.

Tudo bem que
"é domingo e está
um dia lindo lá fora",
mas você
VAI acordar ao
meio-dia.

35.

Um filme que se
revelou chato acaba
de perder o papel de
"coisa legal para
se fazer" para
o seu soninho.

36.

Não importa
se você está
no cinema
e pagou caro
por isso.

19.

Você é capaz de tirar sonecas em qualquer lugar, a qualquer hora, e não precisa de uma cama para isso.

20.

Claro que isso inclui o ônibus ou o metrô.

21.

Você consegue dormir no transporte público mesmo que esteja em pé.

25.

Só você sabe como esse é um momento especial e tão emocionante.

26.

Às vezes você até enrola um pouquinho mais para que a cerimônia (dormir) seja ainda melhor e vai ver novela, por exemplo.

27.

E então chega a hora de dormir. (YESSSSSSS!)

31.

Como algumas pessoas conseguem dormir seis horas por dia e continuar vivas?

32.

Bichos-preguiça te encantam.

33.

Os fins de semana são sagrados. (BALADA??? Rá!)

37.

Na hora de procrastinar, soneca > redes sociais.

38.

Dormir de conchinha é uma das coisas mais românticas que podem fazer por você. <3

39.

Afinal, dormir é estar no céu.

5 cidades brasileiras que são campeãs do inesperado

1.
GÊMEOS

Em **Cândido Godói**, no Rio Grande do Sul, a cada grupo de 10 novos partos, um dos casos pode ser de gêmeos. A cidade se autodenomina capital dos gêmeos e em 2011 virou objeto de estudos de genética e assunto no *New York Times*.

2.
IDOSOS

O **Rio de Janeiro** é a cidade com mais idosos no país e Copabacana é o bairro com maior número de pessoas com mais de 60 anos: ⅓ da população que vive no local.

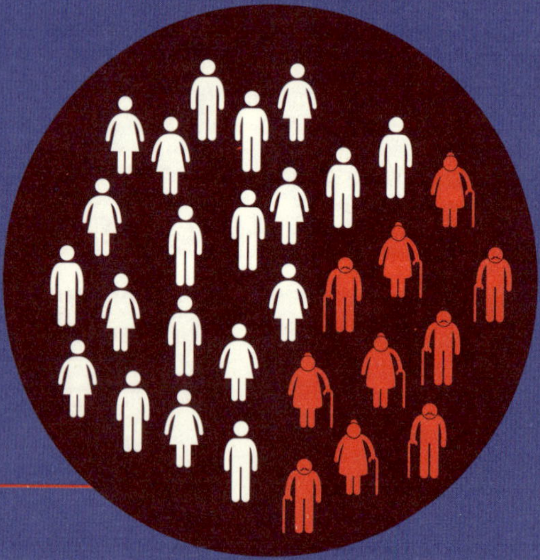

3.

ESTRANGEIROS

Chuí, a cidade que fica no extremo sul do país, no Rio Grande do Sul, tem mais de 37% da sua população formada por estrangeiros. Por causa da fronteira com o Uruguai, são mais de 2 mil uruguaios vivendo no lugar, de acordo com o Censo 2010.

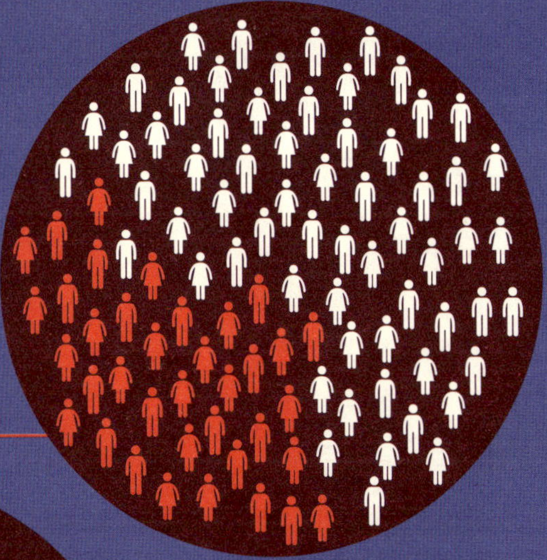

4.

CHAVEIROS

O **Rio de Janeiro** tem mais de 1600 chaveiros espalhados pela cidade, o que dá cerca de um chaveiro para cada grupo de 5 mil cariocas.

5.

HOMENS

Balbinos, no interior de São Paulo, tem o maior número de homens: 82,2% da população é do sexo masculino. A explicação para isso é que a cidade abriga complexos penitenciários e, na verdade, o número de presos é maior do que o de habitantes: 2556 para 1376 moradores.

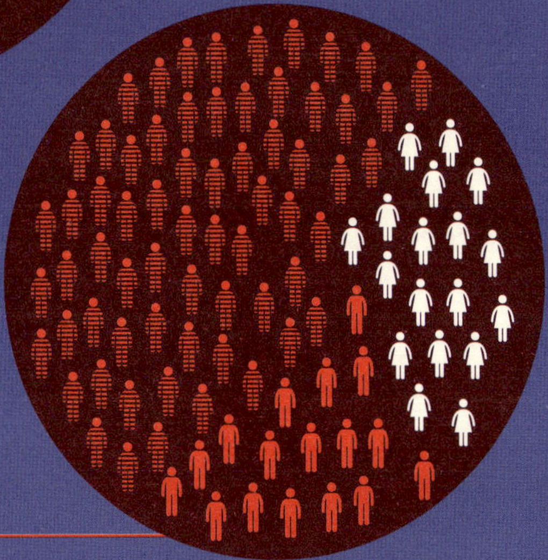

Um círculo da MPB em 17 parcerias musicais

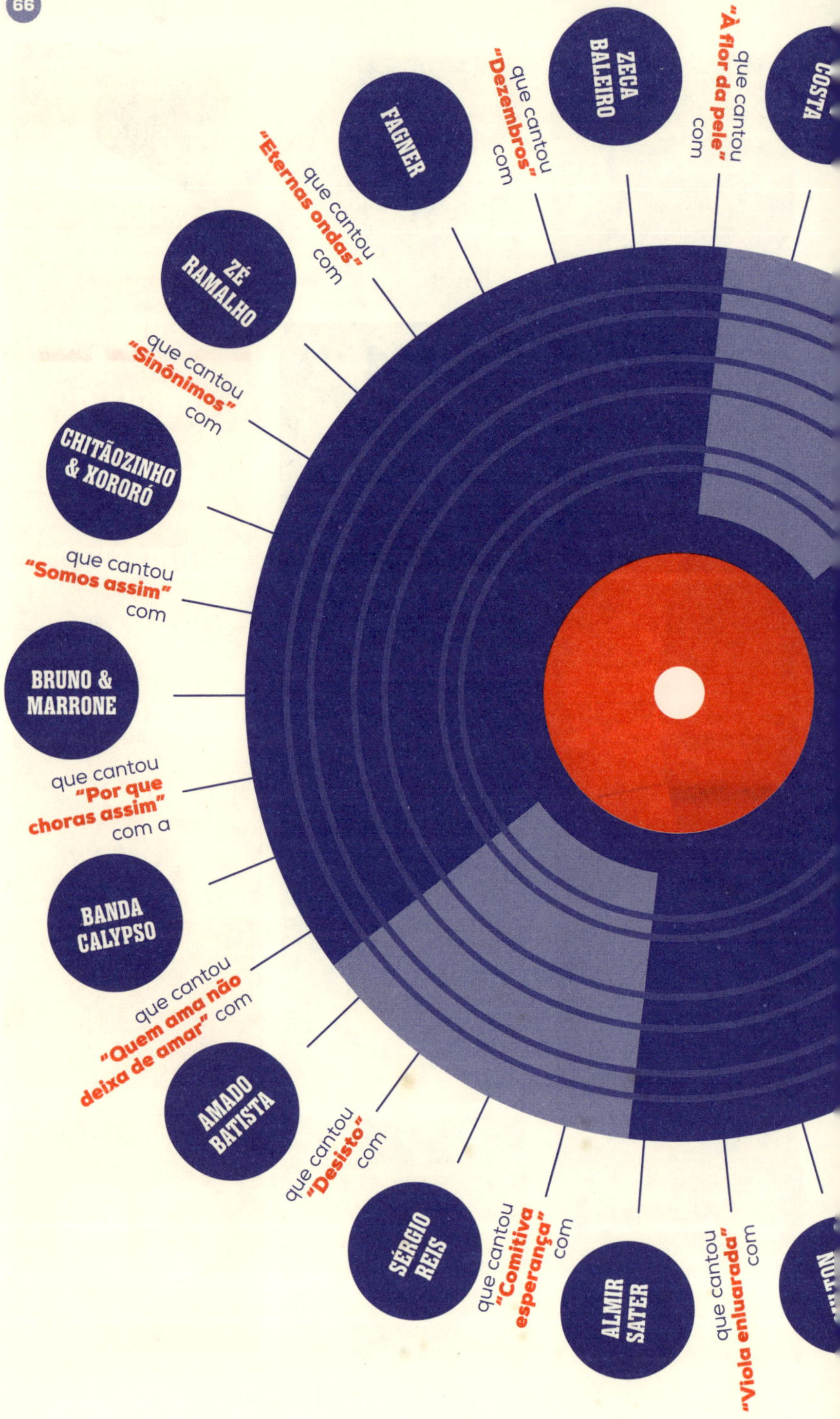
COSTA
que cantou
"À flor da pele"
com
ZECA BALEIRO
que cantou
"Dezembros"
com
FAGNER
que cantou
"Eternas ondas"
com
ZÉ RAMALHO
que cantou
"Sinônimos"
com
CHITÃOZINHO & XORORÓ
que cantou
"Somos assim"
com
BRUNO & MARRONE
que cantou
"Por que choras assim"
com a
BANDA CALYPSO
que cantou
"Quem ama não deixa de amar" com
AMADO BATISTA
que cantou
"Desisto"
com
SÉRGIO REIS
que cantou
"Comitiva esperança"
com
ALMIR SATER
que cantou
"Viola enluarada"
com

MELHORES DO BuzzFeed

50 coisas que mostram que bom mesmo era curtir o verão nos anos 90

1.
Você começava a tarde dando uma volta com seu roller irado na calçada de casa.

2.
E ouvindo algo muito descolado em seu descoladíssimo discman.

6.
Quando o sol "baixava", finalmente chegava a melhor hora do dia: piscina.

9.
Até o irrigador de jardim servia.

10.
A chuva era um presente.

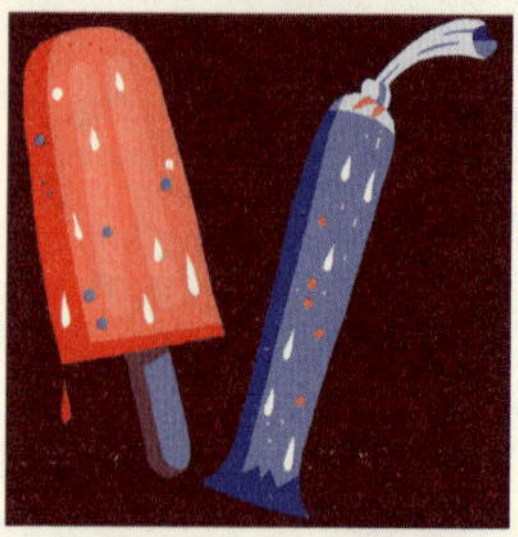

14.
E, depois, um geladinho.

18.
E até que enfim chegava o dia de ir para a praia.

19.
Você pegava sua prancha.

3.

Nos momentos de lazer mais preguiçoso, você botava seu ioiô da Coca-Cola para rodar.

4.

Ou fazia o pirocóptero voar pelo quintal.

5.

Que tal a companhia alegre e simples da mola colorida?

7.

Para acompanhar, uma pistola d'água.

8.

Mas, se não tinha piscina, o negócio era o banho de mangueira ou bacia mesmo.

11.

Seu sonho era ter uma câmera subaquática para registrar tudo.

12.

Sua mãe sabia que depois de brincar com água junto com seus amigos você precisava de um belo cachorro-quente que ela mesma fazia.

13.

Acompanhado de um suco naquelas embalagens plásticas em formato de frutas que vendiam na feira.

15.

Você vibrou quando lançaram o Frutilly que explodia na boca.

16.

E quando ganhou seu primeiro palito premiado.

17.

A Raspadinha da Eliana era o melhor brinquedo.

20.

O baldinho e os utensílios para brincar com areia.

21.

E o kit de frescobol.

22.

Os mais novinhos levavam um belíssimo jogo de boias para os braços.

23.
E os maiores tiravam onda com a boia Free Willy.

24.
Ah, e o minigame para jogar durante a viagem.

28.
E no fim do dia você estava um "camarão".

29.
E, uns dias depois, descascando.

30.
Depois da praia, era a hora de ir para a feirinha hippie.

34.
Fora quando você conheceu a tatuagem de adesivos de strass.

35.
O verão era tempo de ostentar um bonito par de óculos com aros coloridos, totalmente anos 90.

36.
Fazer um penteado complicado com aquela geringonça de plástico em formato de gota.

40.
Junto com a calça cápri.

41.
E também o short da Sexy Machine.

42.
Ou o short-saia (melhor dos mundos!).

45.
Mas você amava mesmo a sua Melissa.

46.
Você provavelmente usou um look jeans com tererês no cabelo e uma gargantilha tribal de plástico no pescoço.

47.
Tudo isso acima ao som de "É o Tchan no Havaí".

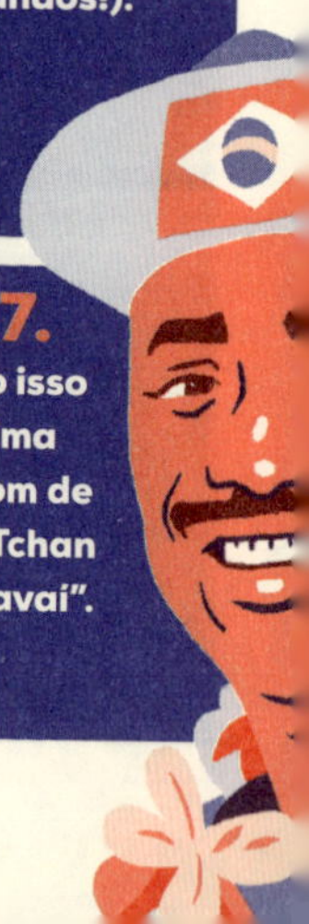

25.

Na praia, as emoções iam do mais forte... (tipo andar naquelas bananas puxadas por barcos pelo mar)

26.

...ao cheiro de Neutrox do cabelo.

27.

"Filho, vem aqui passar protetor". "Por que toda mãe é assim?", você pensava.

31.

E quem sabe sair de lá com um tererê maneiríssimo.

32.

Ou um "anel do humor".

33.

Ou, então, uma tattoo de henna.

37.

Ou apenas prender os cabelos com um frufru feito pela sua mãe ou aquela tia habilidosa.

38.

Os vestidos florais caíam tão bem.

39.

A camiseta do Looney Tunes ia para a máquina de lavar toda semana.

43.

Você conhece tanto aquela estampa com hibiscos brancos no fundo azul-claro ou laranja.

44.

A sandália de dedo e amarração nas pernas era moderna e sua maior amiga nos dias muito quentes.

48.

Ou do "Millenium", dos Backstreet Boys.

49.

Ou de "Oops!... I Did It Again", da Britney.

50.

E um bom *Planeta Xuxa* para curtir aos domingos.

9 jogadores brasileiros com nomes de presidentes

Luiz Marcelo Morais, o Lulinha, foi revelado nas categorias de base do Corinthians e passou pelo Ceará e pelo Botafogo.

Rosimar Amancio, mais conhecido como Bill, jogou em times como Corinthians, Bragantino e Santos.

Nixon foi revelado pelo Porto e jogou no Flamengo. Assim como o ex-presidente dos Estados Unidos, nasceu no dia 20 – o jogador nasceu em 20 de julho de 1992 e o famoso político em 20 de janeiro de 1969.

O goleiro Getúlio Vargas Freitas de Oliveira Júnior jogou em times como Flamengo e Boavista.

Itamar jogou no ataque de times como Palmeiras e Goiás. Também foi jogador do Cruzeiro, time de Minas Gerais, terra do ex-presidente Itamar Franco.

Robert Kenedy do Nunes do Nascimento – com um "n" só no Kenedy – começou nas categorias de base do Fluminense.

Revelado pelo Fluminense, o goleiro é contemporâneo de Romário e Edmundo.

O atacante com nome poderoso já passou pelo Juventus e pelo Brasiliense.

Lincoln, cujo apelido é "Presidente Lincoln", iniciou a carreira como meio-campo do Atlético Mineiro e passou também pelo Palmeiras.

8 estágios da paixão por cachorros

1

Fica emocionado quando o cachorro dos amigos te dá um "abraço" ou uma lambida.

2

Ri e às vezes até deixa escapar uma lagriminha com histórias de cachorro na internet.

3

Começa a abordar estranhos com a desculpa de conversar só para ficar mais perto do cachorro deles.

4

Sai de casa e só vê cachorros; parece um sonho.

5

Começa a desconfiar de que isso é uma indireta divina para você ter um cachorro. Todo mundo parece ter um cão, menos você.

6

Os cachorros começam a te olhar na rua e você pensa que eles sabem o que você está pensando.

7

Você começa a abordar cachorros de estranhos descaradamente, sem nenhum pudor e sem se importar em parecer ridículo ou totalmente doido, e os abraça, deita no chão fazendo carinho, faz vozes ridículas ao conversar com eles.

8

Na hora de dormir, você sonha que é um cachorro sonhando que está correndo.

8 programas dos anos 1990-2000

Este caça-palavras também serve como uma pequena lista para que você se lembre de alguns dos programas que mais curtiu durante a sua infância e adolescência.

1. Um grupo de caras engraçados fazendo o melhor humor "toscão" retratou playboys sarados, funcionários-padrão, paulistanos criados pela avó, apresentadores de TV e muitos outros tipos clássicos brasileiros. Além de ensinar os melhores xingamentos para uma geração inteira.

2. O programa que lançou, de uma só vez, a Tiazinha, a Feiticeira e o Luciano Huck.

3. Uma modelo desbocada incentivava adolescentes a se beijarem em um dos programas mais tipicamente adolescente que a TV brasileira já teve, em uma das emissoras mais adolescentes que o Brasil já teve.

4. A rainha dos baixinhos se reinventou e emplacou um grande sucesso em um formato voltado para os jovens e a música que tocava nas rádios brasileiras no começo dos anos 2000.

5. A atração que durou anos e anos e teve um grande número de VJs apresentando, talvez proporcional ao número de clipes que foram exibidos.

6. Uma espécie de porão que servia de sede para um grupo que transmitia sua própria TV pirata.

7. Uma das produções mais geniais e experimentais que já aconteceram na TV brasileira voltada para o público infantil e que gerou uma versão que se passava em um castelo fantástico.

8. A novela adolescente da Globo que está no ar até hoje, desde a edição de estreia (1995).

RESPOSTAS

1. Hermes e Renato **2.** H **3.** Beija Sapo **4.** Planeta Xuxa **5.** Disk MTV **6.** TV CRUJ **7.** Ratimbum **8.** Malhação

5

lugares bizarros ou mal-assombrados no Brasil onde você nunca desejará pisar

1. EDIFÍCIO JOELMA

em São Paulo

Um incêndio no prédio comercial paulistano que aconteceu há quarenta anos matou 188 pessoas e teve detalhes aterrorizantes, como gente se jogando das janelas do prédio para tentar se salvar. Depois da tragédia, a polícia não conseguiu identificar os corpos de treze pessoas, e seus restos mortais foram, então, enterrados juntos. Ficaram conhecidos como "o grupo das treze almas". Acredita-se que algumas almas ainda vaguem pelo local até hoje.

2. CEMITÉRIO DOS CABOCLOS

em Maringá (PR)

Um cemitério com formato arredondado e muros de pedra baixos que fica próximo ao município de Paiçandú, que fica perto da cidade de Maringá, no Paraná, concentra uma das lendas de assombração mais fortes da região. Lá eram enterrados os "caboclos", e diz-se que o local é mal-assombrado e muitas vezes responsável pelos acidentes com carros que passam perto do cemitério.

3. ILHA DA QUEIMADA GRANDE

em São Paulo

A ilha da Queimada Grande, localizada no litoral sul de São Paulo, é um dos lugares mais terríveis no mundo para quem tem medo de cobra: são mais de 2,5 mil serpentes venenosas espalhadas por lá. A ilha virou uma espécie de santuário da jararaca-ilhoa, uma espécie ameaçada de extinção. Não há outros animais, como mamíferos, vivendo no local, cuja entrada é permitida apenas para pesquisadores.

4. FORDLÂNDIA

no Pará

O famoso Henry Ford, criador e proprietário da Ford Motors, decidiu criar uma cidade no Brasil para poder cultivar borracha. A cidade foi construída à beira do rio Tapajós com a intenção de abrigar a população que trabalharia na plantação de seringueiras. Mas, depois da Segunda Guerra Mundial, Ford desistiu do projeto e a cidade foi abandonada. Dizem que a população vizinha evita passar perto de Fordlândia, que para eles é uma "cidade fantasma" em vários aspectos.

5. CASTELINHO DA RUA APA

em São Paulo

Muitos paulistanos conhecem a história de um triste crime familiar que chocou a cidade na década de 30 e, segundo reza a lenda, até hoje não foi solucionado. Um irmão supostamente atirou no outro e a mãe deles tentou impedir a tragédia, mas também acabou sendo morta. Dizem que é possível ouvir barulhos de correntes e vozes dizendo "não me mate" dentro do castelinho.

Como dar a volta ao mundo sem sair do Brasil

10 cidades brasileiras com nomes de países e cidades estrangeiras

1

TAILÂNDIA (PA)
O nome da cidade foi escolhido pelo interventor tenente Pinheiro, que comparou os conflitos que a cidade tinha – entre fazendeiros e grileiros – com o país asiático.

2

BUENOS AIRES (PE)
A cidade ganhou este nome por causa de um reverendo que chegou em um engenho, que posteriormente viraria a cidade, e achou o ambiente agradável. Como ele tinha passado um tempo na Argentina, apelidou o lugar de Buenos Aires. Quem nasce lá é chamado de buenairense.

3

EQUADOR (RN)
De acordo com o Censo 2014, a cidade tem pouco mais de 6 mil habitantes. Quem nasce em Equador (RN) é chamado de equatoriano.

4

BARCELONA (RN)
Antes de se chamar Barcelona, a cidade era conhecida como "Salgado." O prefeito de São Tomé, município do qual Salgado fazia parte, mudou o nome da cidade para Barcelona inspirado num seringal em que o prefeito havia trabalhado, não na cidade espanhola.

5

FILADÉLFIA (BA)
Filadélfia ganhou este nome porque em grego significa "irmãos que se amam" e foi batizada por um vereador. Os cidadãos de Filadélfia são chamados de filadelfenses.

6

FLORIDA (PR)

Uma das menores populações desta lista, com pouco mais de 2600 habitantes, segundo o Censo 2014. Quem nasce lá é chamado de floridense.

7

CALIFÓRNIA (PR)

O fundador da cidade, o francês Alberto Duplessis, achava que o lugar parecia com a região americana, e por isso batizou de Califórnia.

8

ALEXANDRIA (RN)

Alexandria ganhou esse nome para homenagear uma mulher chamada Alexandrina, esposa de um ex-governador do estado.

9

COLÔMBIA (SP)

Quem nasce em Colômbia é colombiense. O IBGE não tem informações para explicar o nome da cidade. A única coisa que se sabe é que antes ela era chamada de Porto Cemitério, de tão violenta que era.

10

NOVA IORQUE (MA)

Segundo o IBGE, a população de Nova Iorque ganhou apenas cinco pessoas de 2010 para 2014, indo de 4590 para 4595 pessoas. Quem nasce em Nova Iorque do Maranhão é chamado de nova-iorquino.

22 pessoas que você precisa convidar para ter um casamento de verdade

1.
O tio bêbado.

2.
A animada que não para de dançar.

5.
O cara que dá PT.

8.
O colega de trabalho com quem você não tem intimidade, mas insiste em dançar todas as músicas com você como se fossem uma lambada.

9.
O troféu revelação da noite (por exemplo: a moça quietinha que solta a franga).

13.
A avó besteirenta.

14.
A moça da firma que você nem imaginava que gostava de você – e que não para de chorar.

15.
A gangue dos primos que estão sempre aprontando alguma.

18.
O padrinho atrasado abotoando os punhos da camisa.

19.
A filha da prima da sua mãe de quem você sempre esquece o nome.

3.
O barman chavequeiro.

4.
O desanimado que fica pescando e dorme na mesa.

6.
A mulher que fica a festa inteira se arrumando no banheiro, que você encontra toda vez que vai até lá.

7.
O bicão "estou agindo naturalmente".

10.
O cara que sabe todas as coreografias.

11.
A convidada que não entende o conceito de "over" e veio com vestido, maquiagem, cabelo, joias e acessórios extravagantes.

12.
A prima que tem experiência com organização de festas e anda para cima e para baixo sempre parecendo ocupada e resolvendo mil problemas.

16.
A criancinha que chora MUITO alto o tempo todo.

17.
A pessoa religiosa que sabe todas as rezas e sermões na igreja.

20.
A que quer tirar mil selfies com a noiva e postar com a hashtag #CasamentoMarciaeLucinho.

21.
O parente que fica tentando dar dicas de músicas ao DJ.

22.
A tia sentimental que não para de "agarrar" os noivos, chorando copiosamente.

21

formas de ter uma vida melhor e produzir mais durante a semana se divertindo mais ainda

PROBLEMA

VOCÊ PRECISA ACORDAR CEDO E NÃO CONSEGUE

1.
Compre na noite anterior o que você mais gosta de comer no café da manhã – e que você sabe que vai te motivar a sair da cama quando seu despertador tocar.

2.
Ou faça com você mesmo um acordo do tipo "tomar um café com queijo quente na sua padaria preferida".

3.
Ou assista aos seus desenhos ou séries preferidos que estão te esperando no Netflix.

4.
Ou apenas vista uma roupa bem bonita. Isso vai te ajudar a acordar bem e permanecer com a autoestima boa o resto do dia.

PROBLEMA
COMER MELHOR E MAIS SAUDÁVEL

5.
Crie um cardápio para a sua semana com seus desenhos mais toscos.

6.
Faça compras de mercado de uma só vez planejando um presente no final (uma barra de chocolate? Um vinhozinho show? Um café especial?).

7.
Pique e cozinhe todos os legumes da semana enquanto ouve um podcast. Ao final, guarde-os em recipientes plásticos na geladeira.

PROBLEMA
SE EXERCITAR

8.
Baixe músicas novas para ouvir enquanto faz exercícios.

9.
Escolha uma parte do bairro que você ainda não explorou e ande ou corra em linha reta, deixando-se ser surpreendido.

10.
Saia para explorar e tirar fotos em um parque que você ainda não conhece.

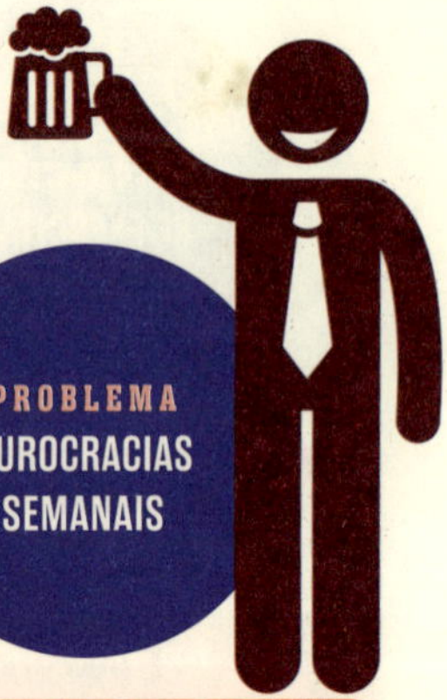

PROBLEMA

BUROCRACIAS SEMANAIS

11.

Pague suas contas e se recompense com um sorvete na volta.

12.

Tenha uma reunião chata e volte com um presente pra sua casa (flores, por exemplo).

13.

Enfrente a fila do banco lendo aquele livro, revista ou gibi que está te esperando há algum tempo.

14.

Se você tiver três grandes (ou chatas) tarefas cumpridas durante a semana, se dê um presente, como um cineminha (sozinho ou acompanhado) ou um chopp com a galera.

PROBLEMA

FALTA DE CONCENTRAÇÃO PARA PRODUZIR ALGO CRIATIVO

15.

Crie durante 45 minutos e durante quinze minutos responda e-mails, organize seu cronograma da semana, faça uma ligação de trabalho.

16.

Ou então: trabalhe por 52 minutos direto e descanse dezessete minutos (pode ser fora do computador ou no próprio computador. Por exemplo, assista a algo de sua preferência no YouTube, como videocassetadas, vídeos de gatinhos, ataques de tubarões, o que mais você preferir).

17.

Faça uma aposta consigo mesmo de responder o maior número de e-mails em meia hora. Em seguida, dê a si próprio quinze minutos para ver o que está rolando no Twitter ou Facebook.

PROBLEMA

LIMPAR A CASA

18.
Faça um jogo de atividades sincronizadas consigo mesmo para que o trabalho termine todo junto e você não canse de limpar uma peça de cada vez.

19.
Determine um tempo para você gastar nessa limpeza, como se fosse uma corrida que você tem que cumprir. Por exemplo, uma hora e meia para dar uma geral e deixar tudo limpo e no lugar ou duas horas e meia para faxinar profundamente.

20.
Crie uma playlist temática para limpar a casa com músicas que vão fazer você rir ou querer dançar (salsa, axé, rock farofa, funk).

21.
Se recompense no final (pedir comida pelo delivery? Assistir a uma série?). Você merece ;).

3 PLAYLISTS DE CINCO MÚSICAS PARA AQUELA FAXINA RÁPIDA NA CASA

CARLOS BERTOLAZZI
(@cabertolazzi)
Chef do Zena Caffè e apresentador do reality show **Cozinha sob Pressão**

>> **"Short Change Hero"**, The Heavy
>> **"Lambrusco & Popcorn"**, Ligabue
>> **"Bilu Bilu"**, Pablo
>> **"Back in Black"**, AC/DC
>> **"Ya Rayah"**, Rachid Taha

RAFAEL PUETTER
(@rafucko)
Ativista multimídia e editor de vídeos

>> **"Show Me Love"**, Robin S
>> **"Lose My Head"** (Jimmy Edgar Remix), Body Language
>> **"I've Been Thinking about You"**, Londonbeat
>> **"Elise"**, Blondes
>> **"Pensiero stupendo"** (Leo Mas & Fabric Dub Remix), Roisin Murphy

BIANCA MULLER
(@bicmuller)
Criadora do blog Morri de Sunga Branca

>> **"Roar"**, Katy Perry
>> **"Milkshake"**, Kelis
>> **"Turn Down for What"**, DJ Snake & Lil Jon
>> **"Paper Planes"**, M.I.A.
>> **"Dança da vassoura"**, Molejo (pra varrer, ÓBVIO)

BONUS TRACK DA @BICMULLER
"Se tiver de limpar janela, coloco coisa tipo Radiohead ou Damien Rice, que daí vou passando o pano e vendo a paisagem, como se estivesse sofrendo num clipe." ¯_(ツ)_/¯

12

obras de artistas renomados que fazem parte dos acervos de museus brasileiros

MAM-Rio

Retrato de jovem com corrente de ouro (Autorretrato com Corrente de Ouro), **de Rembrandt**

Passeio ao crepúsculo, **de Vincent Van Gogh**

O escolar (O Filho do Carteiro - Gamin au Képi), **de Vincent Van Gogh**

Untitled (1984), **de Keith Haring**

N. 16 (1950), **de Jackson Pollock**

Untitled (1975), **de Andy Warhol**

Masp

Banhistas no Sena, *de Edouard Manet*

A ponte japonesa sobre a lagoa das ninfeias em Giverny, *de Claude Monet*

Menina com as espigas, *de Pierre-Auguste Renoir*

Primavera, *de Marc Chagall*

Composição clara, *de Wassily Kandinsky*

Figuras (1945), *de Pablo Picasso*

MAC-Usp

10

perguntas que você sempre quis fazer, mas deixou para depois

1

O QUE TEM NO OIAPOQUE? E NO CHUÍ?

Oiapoque, que fica no Amapá, tem pouco mais de 20 mil habitantes, segundo o Censo 2014. A cidade está na região amazônica, tem importantes reservas indígenas locais e fica perto do rio de mesmo nome. Já **Chuí** fica no Rio Grande do Sul, na margem esquerda do rio Arroio Chuí, e a população é menor ainda do que a de Oiapoque: pouco mais de 5 mil habitantes, de acordo com o Censo 2014. A cidade é pequena e tem uma avenida que separa o Brasil do Uruguai e também a praia mais fria do Brasil, a praia do Chuí. Demoraria cerca de sete dias para percorrer de carro do Oiapoque ao Chuí.

2

QUANTAS CALORIAS TEM UMA CASQUINHA DO MCDONALD'S?

Uma casquinha do McDonald's tem cerca de **200 calorias**. Para comparar: uma maçã tem aproximadamente 50 calorias.

3

O QUE É "SHIPPAR"?

"Shippar" é o ato de torcer para que dois famosos ou amigos (até desconhecidos com quem você simpatizou na rua, por que não?) fiquem juntos.

4

POR QUE O IMPOSTO DE RENDA É CHAMADO DE "LEÃO"?

A popularização desse termo aconteceu nos anos 70, quando o governo pediu para agências de publicidade criarem um mascote com o objetivo de popularizar o imposto. Então escolheram aquele que é o rei da selva, símbolo de justiça e lealdade. (E que eventualmente pode engolir você inteiro, vamos combinar.)

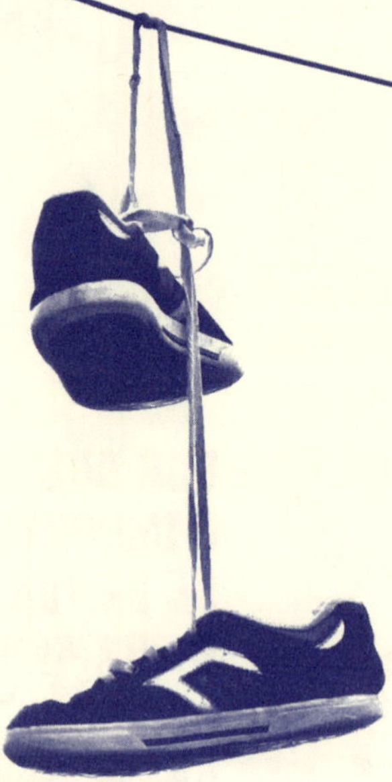

5

POR QUE EXATAMENTE O SISTEMA DE TABELINHA NÃO FUNCIONA PARA PREVENIR A GRAVIDEZ?

Em teoria, quem faz o uso do sistema da tabelinha para prevenir a gravidez nos períodos férteis teria de se precaver nos cinco dias antes e cinco dias depois do período de ovulação. Além de ser difícil saber o período fértil contando de cabeça, alterações nos níveis de hormônios, como a progesterona, ou a própria atividade sexual poderiam alterar a tabelinha.

6

POR QUE AS PESSOAS JOGAM PARES DE TÊNIS NOS FIOS DE ENERGIA ELÉTRICA?

Nada de mais, aparentemente. Apenas vira uma forma legal de descartar um tênis furado. Ou um jeito cruel de fazer bullying com os colegas da rua.

7

QUEM FOI A PRIMEIRA MULHER A VOTAR NO BRASIL?

Celina Guimarães Vianna foi a primeira mulher a votar no Brasil. Ela tinha 29 anos, era de Mossoró (RN) e votou pela primeira vez no dia 25 de novembro de 1927.

8

POR QUE ALGUMAS PESSOAS TÊM INTOLERÂNCIA AO GLÚTEN?

O glúten é uma proteína existente no trigo, no centeio e na cevada e que tem absorção difícil pelo sistema digestivo. Um dos seus componentes mais nocivos é a gliadina. Em algumas pessoas, essa substância dispara uma reação imunológica no intestino delgado assim que entra em contato com as mucosas do órgão, causando um processo inflamatório crônico. Os sintomas vão desde diarreia nas crianças a emagrecimento, enfraquecimento dos ossos e dermatite nos adultos.

9

QUAL É AQUELA ESTRELA NA PARTE DE CIMA DA BANDEIRA DO BRASIL MESMO?

É o Pará. A distribuição das estrelas na bandeira brasileira foi feita a partir de como estava o céu do Rio de Janeiro no dia 15 de novembro de 1889.

10

QUAIS FORAM OS DINOSSAUROS BRASILEIROS?

Alguns dos primeiros dinossauros brasileiros foram o *Staurikosaurus pricei*, *Saturnalia tupiniquim*, *Pampadromaeus barberenai* e o *Unaysaurus tolentinoi*. O *Staurikosaurus pricei*, a quem podemos chamar carinhosamente de "staurikos", foi o primeiro dinossauro a ser descrito no Brasil e foi encontrado perto da cidade de Santa Maria, no Rio Grande do Sul. Estima-se que ele tenha vivido há 225 milhões de anos, sendo contemporâneo dos primeiros dinossauros da Terra. Segundo as pesquisas mais recentes, foram descobertos cerca de vinte dinossauros em solo brasileiro.

FONTES: **"Feras Brasileiras"**, de Alexandre Kellner, para o *Ciência Hoje* (cienciahoje.uol.com.br/colunas/cacadores-de--fosseis/feras-brasileiras); **Nillo Bozzini** em entrevista para o dr. Drauzio Varella (drauziovarella.com.br); **TSE**, "Professora Celina Guimarães Vianna, primeira eleitora do Brasil" (tse.jus.br/imagens/fotos/professora-celina--guimaraes-vianna-primeira-eleitora-do-brasil; studiofiscal.jusbrasil.com.br).

10

palavras que mostram por que o tupi é uma língua genial

1. PEREBA
2. CAIPIRA
3. PINDAÍBA
4. JURURU
5. NHENHENHÉM
6. PIPOCA
7. TIRIRICA
8. XARÁ
9. CARIOCA
10. OI

Nada define melhor aquela doença de pele chata, aquela inflamação no dedão que "pereba". Sem ela, tudo viraria dramaticamente perigoso.

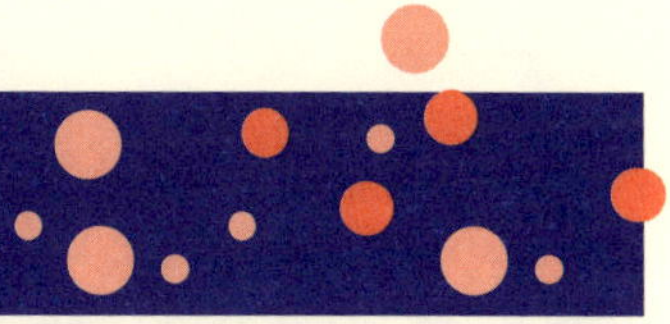

Tente substituir por "pessoas do interior que têm estilo vida e sotaque muito diferentes do seu" e você irá falhar miseravelmente.

"Pindaíba" é o tipo de palavra que já vem com o som do ataque ao cofrinho de estimação.

"Jururu" pode até funcionar como cabisbaixo, mas carrega aquele charme de biquinho emburrado de que a gente precisa quando quer fazer manha.

Os tupis eram o tipo de gente que sabia o que queria. Papo reto, saca?

E Deus inventou a natureza e nela nasceu o milho, e do milho a pipoca, e do tupi o melhor jeito de chamar esse tesouro divino.

Serve tanto para usar em frases como "ficou tiririca da vida", quanto para apresentar uma conhecida figura do humor do Brasil.

Gente famosa tem "homônimo". Gente comum tem "xará" e um quase amigo com uma afinidade maravilhosa que começa pelo nome igual.

Uma palavra que é um povo e um estado de espírito ao mesmo tempo. Simplesmente lindo.

Toda a simpatia do brasileiro em uma só saudação. Obrigada, tupi!

5 tipos de tiozão

1

O CLÁSSICO TIO "É PAVÊ OU PACUMÊ?"

Ou seja, o mais clássico e amado tiozão do Brasil. Todo mundo já sabe o que ele vai dizer ou fazer e ainda assim é um tiozão contagiante!

2

O TIO "DOR NA JUNTA/ JUNTA TUDO E JOGA FORA"

O tio que faz piada autodepreciativa, tem um humor sutil e fofo ao mesmo tempo. Que tio querido!

3

O TIO "ABAIXA QUE É A POLÍCIA"

O tio gozador, que sempre tem as melhores tiradas e as faz nos momentos mais surpreendentes. É o parque de diversões da família!

4

O TIO "SETEMBRO CHOVE"

O tio cheio de referências, que adora brincar com os sobrinhos e compartilhar um pouco do seu conhecimento. É um tio inesquecível!

5

O "E A NAMORADINHA?"

É engraçado, explora seus limites e pode parecer inconveniente aos olhos de quem acaba de chegar, mas é um querido pela família, que conhece muito bem um jeitinho especial de demonstrar carinho. Awn!

12

roupas e acessórios que os homens usaram na década de 90 e que são totalmente inesquecíveis

1.
Camiseta Taz-Mania

2.
Carteira Ocean Pacific

3.
Camiseta Big Johnson.
(aquela que sempre tinha desenhos em uma cena um pouco fálica)

4.
Boné Chicago Bulls

5.
Calça big

6.
Jaqueta jeans Planet Hollywood

9.
Camiseta ou boné Charlotte Hornets

7.
Camiseta ou bermuda Bad Boy

10.
Cabelo arrepiado e descolorido nas pontas

11.
Cinto de lona

8.
Gargantilha de bolinhas prata

12.
Chinelos Rider
(às vezes com meia! Eca!)

9

coisas do mundo virtual que gostaríamos que existissem no mundo real

1.

Control + F para procurar um termo.

4.

Transformar acontecimentos em gifs.

7.

Apertar o “mute” durante a aula ou uma reunião chata.

2.

Fechar páginas de livros ou revistas clicando no X.

3.

RT em coisas que você lê por aí.

5.

Scroll em páginas impressas.

6.

Ter um Dropbox de roupas para não precisar fazer malas.

8.

Dar like com apenas dois toques.

9.

Marcar amigos em coisas legais que acontecem.

6 perfis fake de celebridades que gostaríamos que fossem reais

1.

Xuxa Verde e a sua constante animação com aquele filtro que só a fita VHS danificada pode nos dar.

XUXAVERDE
@xuxaverde

Seguir

A GENTE DÁ A MÃO E JÁ QUEREM LOGO NOSSO TUBO DE MONANGE

18:54 - 10 de out de 2012

2.

Nair Bello e as suas recepções de famosos no além.

NAIR BELLO
@nairbello

Seguir

Joan Rivers veio para a Mooca e já está falando mal da roupa de todo mundo.

12:45 - 4 de set de 2014

3.

PVC e o sonho de um comentarista de esportes que realmente fale estas coisas.

PVC
@pvc_espn

Seguir

Flamengo não levava gols de jogador com nome de chuveiro desde 83, quando Corona fez o gol de honra do Bangu, no 3x1 contra o rubro-negro.

18:35 - 19 de out de 2011

4.

Cléber Machado e o fake que parece mais real do que ele mesmo.

Pensador do Século
@oclebermachado

Seguir

Já é Copa na Austrália!

05:41 - 11 de jun de 2014

5.

Max Geringer e as suas análises do mundo business pra lá de relevantes.

Max GErinrg
@maxgeringer

Seguir

"max sem querer faltei 4 dias seguidos, o q eu digo lá no meu emprego" que emprego?

14:29 - 20 de abr de 2012

6.

Tony Ramos, a sua animação tiozera e o eterno romance com a esposa Lidiane.

Tony Ramos
@RealTonyRamos

Seguir

EU PERGUNTAVA DO YOU WANNA DANCE??????

15:24 - 27 de fev de 2014

Pagode em números

Os **10 maiores sucessos** de **cinco dos maiores grupos** de pagode de todos os tempos – Raça Negra, Katinguelê, Molejo, Art Popular e Negritude Junior – foram analisados para a coleta destas informações. Depois de **50 letras de músicas** examinadas e mais de **60 mil caracteres**, estes foram os dados mais importantes:

A MUSA INSPIRADORA QUE VENCE PELO MAIOR NÚMERO DE CITAÇÕES É:

INARAÍ

(APARECE **127 VEZES** NA MÚSICA DE MESMO NOME)

A PALAVRA **EU** APARECE **466** VEZES

X

A PALAVRA **VOCÊ** APARECE **216** VEZES

AMOR APARECE **93** VEZES

SOFRENDO TEM **10** OCORRÊNCIAS

PAIXÃO APARECE **9** VEZES

COISAS QUE VOCÊ É:

- Linda
- Essa noiva
- Um sonho lindo
- Absoluta

COISAS QUE VOCÊ FAZ:

- Não gosta
- Fecha a porta
- Não quer ouvir
- Não quer saber
- Põe aquele seu vestido
- Vai (e o outro sujeito da frase vai varrendo)
- Não dá valor (mesmo fazendo tudo e o impossível)
- Reclama do meu apogeu

COISAS QUE VOCÊ PODE FAZER, SEGUNDO ESTAS MÚSICAS

- Fricotar
- O que quiser
- Ficar confuso com o que vai fazer

COISAS QUE VOCÊ TEM:

- A corda
- A caçamba
- Um swing legal
- O cheiro e o tempero
- Um beijo tão gostoso de provar

8

coisas que homens fazem (ou já fizeram alguma vez na vida) quando ninguém está olhando

1.

Brincar de cena de filme de ação – tipo se esgueirar numa parede e fingir que está sendo atacado, ou lutar como o Jackie Chan.

2.

Fazer a "vagininha" – ou seja, o ato de esconder o pênis entre as coxas para imaginar como seria se fosse mulher.

5.

Mijar no banheiro do bar explorando todos os cantos do mictório – já teve marca que se aproveitou disso criando um "golzinho" para os homens acertarem.

6.

Testar penteados engraçados com a espuma de barbear – e às vezes até um bigode de Hitler, tirando imediatamente depois com muito medo.

3.

Treinar beijo no próprio braço – ou a cena mais triste da vida.

4.

Medir o tamanho do próprio pênis com régua ou fita métrica – ou a cena mais adolescente que já existiu.

7.

Tentar fazer o tanquinho aparecer enquanto se olha no espelho – ou imaginar como seria o tanquinho se não tivesse toda aquela "barriguinha" na frente.

8.

Checar o teor do cheiro do sovaco – e avaliar a gravidade da situação, quanto tempo ainda dura, o que precisa fazer em seguida.

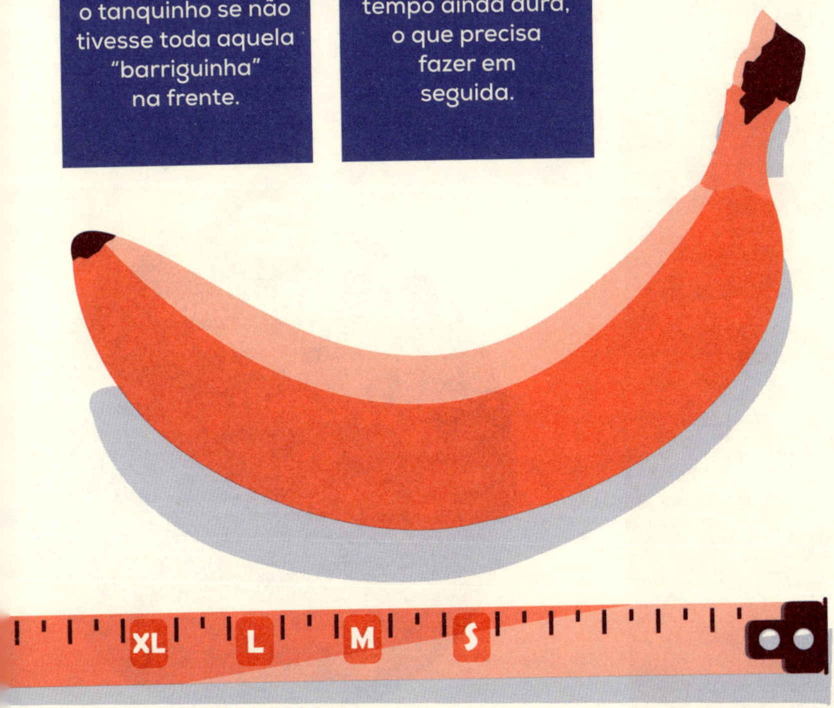

Faça o seu próprio pagode

1 ESCOLHA UM DILEMA:

- A saudade dói demais
- Apaixonou-se pela pessoa errada
- Nunca amou ninguém assim
- Descobriu que amava quando olhou para o lado
- Já não são mais feitos um para o outro

2 ESCOLHA ONDE ELE(A) ESTÁ:

- Passando na rua
- Na janela
- Em sua cama
- Casado(a) com outro(a)
- No passado

4

O QUE VOCÊ VAI FAZER:

- Pedir para voltar
- Confessar que ama
- Dar um fim na relação
- Tentar se entender
- Pedir algo à lua

3

ESCOLHA O QUE BEBER:

- Cerveja
- Danone
- Caipirinha
- Pinga
- Uísque

5

ESCOLHA UM COMPLEMENTO PARA O SEU REFRÃO:

- Saudade/ Saudadeee
- Laiá laiá/ Laiá laiá/ Laiá laiá
- (O nome da pessoa repetido inúmeras vezes)
- Você/ Você/ Vocêêê
- ôÔÔô-ôÔÔô/ ôÔÔô-ôÔÔô

7

razões pelas quais ficou impossível ver TV sem usar o Twitter

1.

É impossível descobrir o que você realmente precisa assistir durante a noite sem consultar sua timeline do Twitter.

2.

É mais impossível ainda tentar não ligar a TV quando você vê uma timeline inteira comentando a mesma coisa.

3.

Não dá para assistir TV sozinho em casa sem tentar ganhar uma "estrelinha" para o seu comentário sobre aquele programa.

4.

Como saber a hora certa de mudar de canal?

5.

Sem o Twitter, você ainda teria de gritar "GOL" sozinho em casa, o que é bem ridículo.

6.

Não dá para julgar os pratos de um reality show de culinária sem uma segunda opinião apurada (a do Twitter).

7.

Você *precisa* dar print naquela imagem que acabou de ver, adicionando um comentário do tipo "quando eu acordo de manhã e descubro que estou atrasado".

12 glórias da infância que não voltam mais

1. Ganhar campeonatos de tazo.

2. Usar tênis de luzinha.

5. Assistir à *História sem fim* na *Sessão da Tarde*.

6. A trilha sonora da *Sessão da Tarde* em si.

9. A textura da borracha branca da Mercur.

10. Fazer embaixadinhas com aquela bola de capotão velha do vizinho.

3.
Passar de fase no Donkey Kong e descobrir bananas mágicas.

4.
Construir móveis funcionais para outros brinquedos (por exemplo, as Barbies) usando Lego.

7.
Comprar um conjunto novo de pulseiras de silicone.

8.
A magia da caneta de quatro cores em uma só.

11.
Tentar adivinhar o que significam aqueles tênis pendurados nos fios elétricos.

12.
Descobrir que seus pais compraram um presente para você e que ele te espera no pé da árvore de Natal.

14

celebridades brasileiras que tiveram profissões inusitadas antes da fama

1.
Erasmo Carlos foi office-boy e porteiro.

2.
Ivete Sangalo vendia quentinhas com sua mãe.

5.
Letícia Spiller foi paquita da Xuxa (é sempre bom lembrar).

6.
Fausto Silva foi repórter de esportes na rádio Bandeirantes.

9.
Claudia Leitte foi repórter.

11.
Glória Maria foi telefonista.

3.
Samuel Rosa, do Skank, se formou em psicologia.

4.
Silvio Santos, trabalhando como camelô, chegou a vender capas de plástico para título de eleitor na rua.

7.
Anitta trabalhava no departamento de administração de uma grande mineradora brasileira.

8.
O cantor Léo Santana vendia frango assado na praia.

10.
Edson Celulari foi padeiro.

12.
O ator Bruno Gissoni foi jogador de futebol e chegou a jogar fora do país.

13.
Thiago Lacerda foi vendedor de loja de shopping.

14.
Naldo foi engraxate.

9

bromances brasileiros famosos

Silvio Santos
e
Gugu Liberato

Chico Buarque
e
Vinicius de Moraes

Neymar
e
Thiaguinho

Eri Johnson
e
Paulo Vilhena

Caetano
e
Gil

Lázaro Ramos
e
Wagner Moura

Romário
e
Edmundo

Oscar Niemeyer
e
Darcy Ribeiro

Faustão
e
Tom Cavalcante

10 motivos pelos quais é mais difícil terminar um namoro na era das mídias sociais

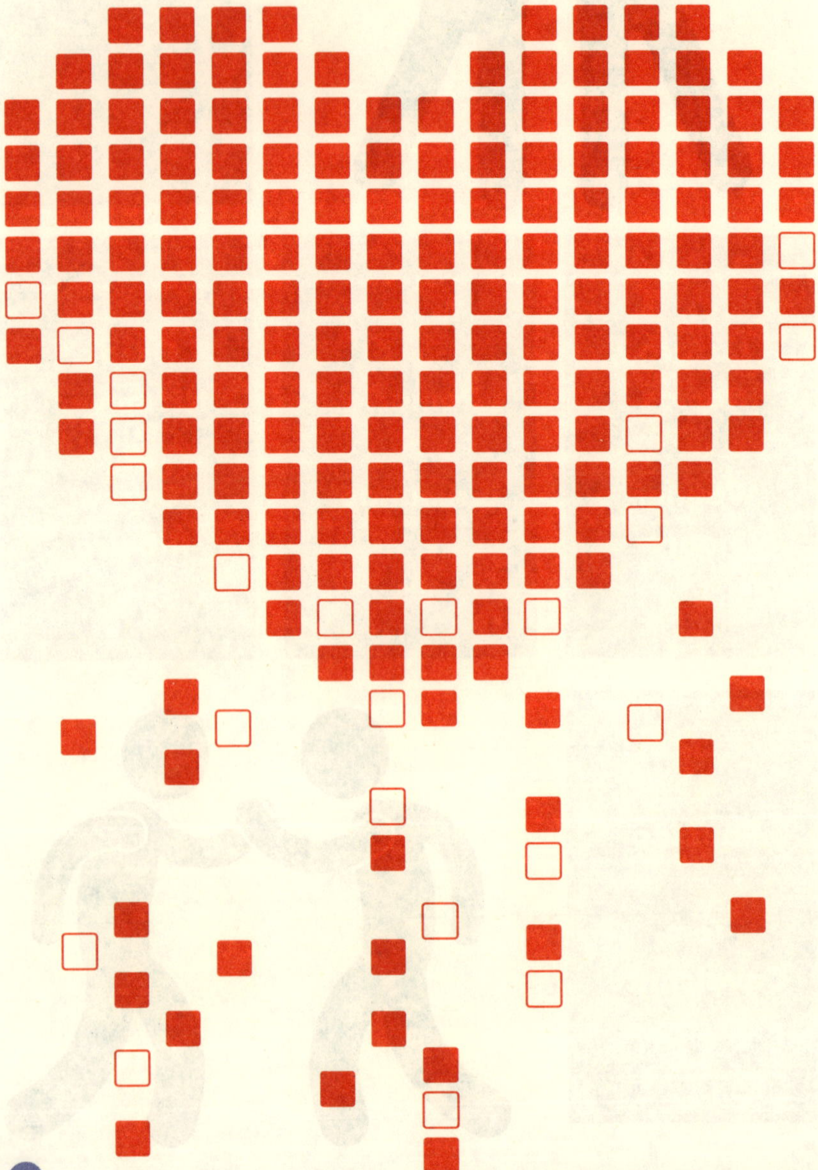

1.
Você vai pensar que precisa encontrar um jeito de avisar a todos os seus amigos que terminou. Gastará muito miolo pensando nisso, mas no fim das contas vai desistir.

2.
Você vai ler as postagens do seu ex sempre, com muito mais cautela para o significado de cada palavra.

3.
E vai se perguntar quantas daquelas indiretas são para você (muitas vezes, algumas delas realmente são).

4.
Você vai decidir silenciá-lo no Twitter e dar unfollow no Facebook.

5.
Você vai achar que já está esquecendo a pessoa, até aparecer uma interação de alguém com ele(a).

6.
Vai aparecer alguém perguntando do seu namorado na internet, ou marcando vocês dois em uma postagem do tipo "oi, fulana e beltrano, sdds de vocês, vamos marcar".

7.
Alguém vai dizer que viu seu ex no Tinder e perguntar o que rolou.

8.
Você vai eventualmente checar o perfil da pessoa para ver se ela parece estar tão mal quanto você.

9.
Você vai descobrir que seu(sua) ex curtiu a foto de alguém muito gato(a) no Instagram.

10.
Você vai se odiar por se importar com tudo isso nesse momento.

5 músicas para te afundar na fossa de vez

"Nothing Compares 2 U",
Sinéad O'Connor

"Pedaço de mim",
Chico Buarque

"Exit Music",
Radiohead
"Bom dia, tristeza",
Maysa
"The Wind Cries Mary",
Jimi Hendrix

Agora preencha com a sua playlist da fossa!

5 músicas para te tirar da fossa

"Música de rua", Daniela Mercury

"Busca vida", Paralamas do Sucesso

"Stronger", Britney Spears

"Freedom", George Michael

"Vou recomeçar", Gal Costa

Agora preencha com a sua playlist para sair da fossa!

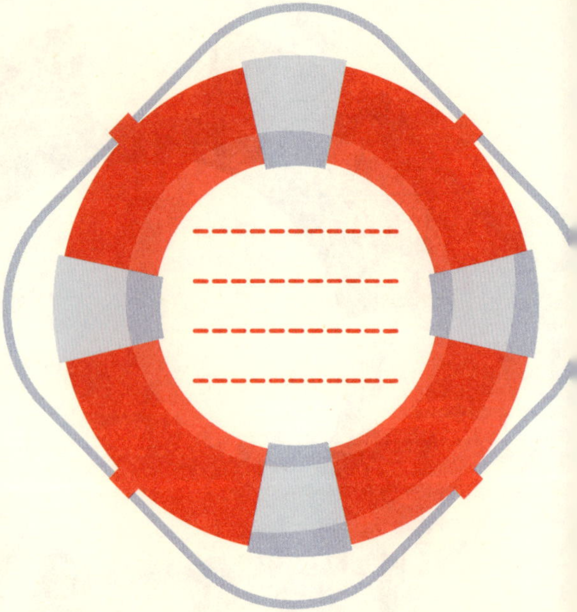

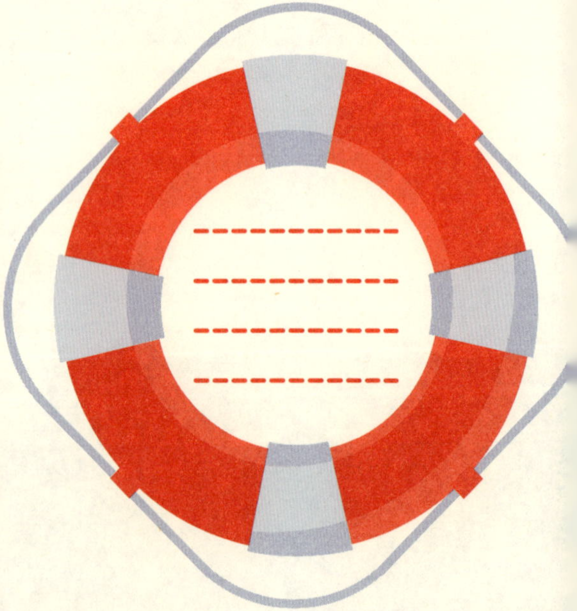

5 fatos pitorescos sobre o Mato Grosso do Sul

1.

A envergadura (comprimento de uma asa a outra) de um tuiuiú (aquela ave estranha que tem o corpo branco e a cabeça preta) pode chegar a três metros.

2.

Campo Grande, a capital do Mato Grosso do Sul, tem uma das maiores concentrações de imigrantes japoneses do Brasil, perdendo apenas para os estados de São Paulo e Paraná.

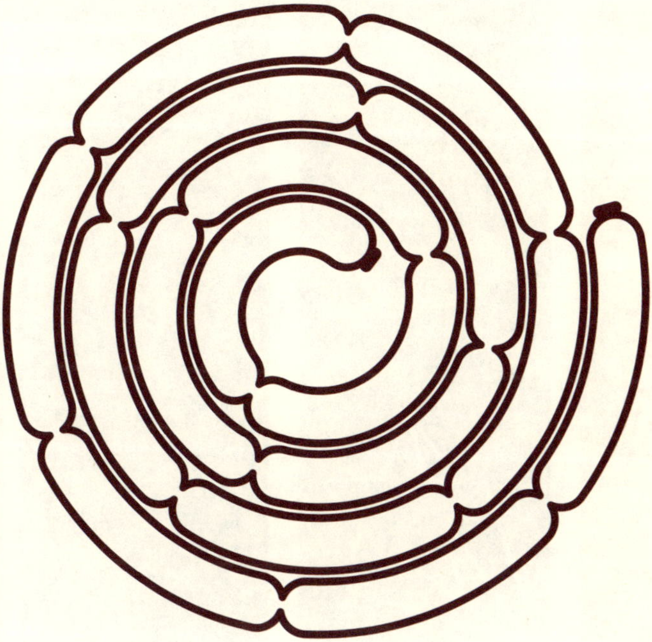

3.

A cidade de Maracaju entrou para o *Guinness* em 1998 por ter produzido a maior linguiça contínua do mundo, com 37 metros. Ela foi feita para a Festa da Linguiça de Maracaju, onde esses embutidos gigantes são assados de uma só vez e em formato de disco.

4.

Para chegar até o Gruta do Lago Azul, em Bonito, é necessário descer o equivalente a um prédio de 43 andares (130 metros).

5.

No mesmo lugar, foram encontrados fósseis de uma preguiça gigante, de mais de três metros de altura, que teria vivido perto do local cerca de 3 a 5 mil anos atrás.

MELHORES DO BuzzFeed

22 provas de que 1995 foi o ano mais importante para a música brasileira

1.

O QUE DIZER DE UM ANO QUE NOS APRESENTOU IVETE?

Ela emplacou "Me abraça", quando ainda estava na Banda Eva.

2.

Outra galera que estava chegando era o É o Tchan, apresentando "Pau que nasce torto/ Melô do Tchan" para o Brasil.

NUNCA MAIS FOMOS OS MESMOS. *ISSO* É 1995.

E, na época, o grupo ainda chamava Gera Samba.

4.

O ano foi muito rico para o axé como um todo. Nesse ano o Asa de Águia emplacou "Xô, satanás".

Ainda estavam entre as mais tocadas do ano:

- "Toneladas de desejo", da Timbalada"
- "Preciso de você", do Netinho"
- "Ara Ketu bom demais", do Ara Ketu

3.

E também a *"Na boquinha da garrafa"*, da Companhia do Pagode!

5.

Mas definitivamente o ano foi ESPLÊNDIDO para o rock, quiçá um dos melhores de todos os tempos. Foi o ano em que o Raimundos lançou *Lavô tá novo*, e a gente berrava cantando "Eu quero ver o oco".

Corta pra você cantando: "A minha prima arranjou um namorado/ O nome dele ela diz que é um pão...".

SAUDADES, RAIMUNDOS

6.

E o Skank emplacou "Jackie Tequila", "Te ver", "Pacato cidadão" e "Esmola".

Todas do disco *Calango*, que foi lançado no fim de 1994. Uma obra-prima do pop rock nacional.

7.

Fora isso, 1995 foi o ano em que "Legalize já" estourou e o Planet Hemp ganhou um disco de ouro com *Usuário*.

8.

Foi também em 1995 que Chico Science & Nação Zumbi dividiram o palco com Gilberto Gil para cantar "Macô" no VMB, que estava na sua segunda edição.

Nesse ano, o rock brasileiro também teve:

- "A sombra da maldade", do Cidade Negra, e "Saber amar", dos Paralamas do Sucesso, na trilha da novela *História de Amor*.
- Os Titãs também lançaram o álbum *Domingo*.
- Pato Fu fez sucesso com "Sobre o tempo".

Nada mal, hein?

12.

1995 em si foi um ano de grandes sucessos feitos por grandes cantoras. Foi o ano em que Marisa Monte estava entre as mais tocadas com "Segue o seco".

13.

Foi o ano de "Nem luxo, nem lixo", de Marina Lima.

APENAS ISTO.

14.

E também o ano em que Zélia Duncan emplacou "Catedral", um passo definitivo para o romantismo sapatônico na MPB.

1995 teve outros sucessos importantes feitos por mulheres, como:

- "Vermelho", de Fafá de Belém.
- "Garota sangue bom", de Fernanda Abreu.
- "Primeiros erros (Chove)", de Simonny.
- "Então é Natal", de Simone (hehe).

9.

1995 foi um ano tão abençoado para a música que Lulu Santos lançou coisas como "Descobridor dos sete mares" e "Assim caminha a humanidade", tema da abertura de *Malhação* que estreava naquele ano.

Logo, podemos afirmar que a música mais poderosa de todas as aberturas de programas de todos os tempos no Brasil surgiu em 1995, uma vez que *Malhação* é um recorde, e a música de Lulu foi uma das que mais durou como trilha.

10.

Malhação ainda teve hits como "Espelhos d'água", da Patrícia Marx, embalando o romance de Héricles (Danton Mello) e Isabella (Juliana Martins).

E TODA VEZ QUE VOCÊ OUVE ISTO NOVAMENTE, COMEÇA A PENSAR "NUNCA MAIS FIZERAM NENHUMA MÚSICA TÃO ROMÂNTICA COMO ESTA". PORQUE NUNCA FIZERAM MESMO.

11.

Também estava na trilha de *Malhação* o megassucesso "Malandragem", de Cássia Eller, levando o drama adolescente a um novo patamar.

Praticamente uma tatuagem na sua memória musical.

15.

Naquele ano, os pré-adolescentes também piravam com "Vai ter que rebolar", de Sandy & Junior, que estavam no auge da carreira.

Já Xuxa lançou "Salada mixta", que foi um hit tão grande que ela mesma não conseguiu resultados tão grandes como esse depois.

16.

O sertanejo estava tão no ponto em 95 quanto os looks de Zezé di Camargo & Luciano, que estavam estourados nas rádios com "Pão de mel":

"VOCÊ É MINHA LUZ, ESTRAAAADA, MEU CAMINHO..."

17.

Tinha coisas ultrarromânticas, como "Estou apaixonado", de João Paulo & Daniel.

18.

E outras muito animadas, como "Bailão de peão", de Chitãozinho & Xororó, e "Festa de peão", de Leandro & Leonardo.

APOSTO QUE ESTÁ AQUI A RAIZ DO SERTANEJO UNIVERSITÁRIO. CONSEGUE VER A IMPORTÂNCIA DESSE ANO? OK. OBRIGADA.

20.

E FOI EM 1995 QUE O RAÇA NEGRA LANÇOU "É TARDE DEMAIS". O. GRANDE. HINO. DO. PAGODE.

"VOCÊ JOGOU FORA O AMOR QUE EU TE DEI, O SONHO QUE SONHEEEI, ISSO NÃO SE FAAAAZ..."

19.

Para completar, o pagode estava maduro e maroto como "Marrom bombom", d'Os Morenos, o pagode que é a cara de 1995.

21.

"PAPARICO", DO MOLEJO, TAMBÉM É DESSE ANO. PONTO.

Outros sucessos do samba & do pagode em 1995:

- "Lá vem o negão", do Cravo & Canella.
- "Gente da gente", do Negritude Junior.
- "Tá delícia, tá gostoso", do Martinho da Vila.

22.

Para fechar o argumento de que 1995 é o melhor ano da música brasileira: **MAMONAS ASSASSINAS SURGIU EM 1995**. Com um álbum que foi sucesso **DE CABO A RABO.** E, infelizmente, eles só fizeram sucesso nesse ano.

Sério, todo mundo sabia TODAS as músicas INTEIRAS do ÁLBUM DE ESTREIA dos caras. E lembramos delas até hoje. Depois de 1995 não pudemos mais curtir Mamonas por causa do triste acidente que eles sofreram em março de 1996 :(

AGORA VOCÊ JÁ SABE QUAL É O ANO MAIS IMPORTANTE DA MÚSICA BRASILEIRA DE TODOS OS TEMPOS.
Volta, 1995.

MELHORES DO BuzzFeed

17 momentos que só quem não consegue dormir cedo vai reconhecer

1.

Um belo dia você entende *realmente* que precisa estabelecer uma rotina para ser mais saudável. E isso inclui dormir mais cedo.

Mas você deixa pra dormir mais cedo amanhã, já que estava ocupado demais tendo este insight hoje.

2.

Na noite seguinte, você esquece completamente do que tinha prometido a si mesmo no dia anterior.

E quando vê já está curtindo a vida adoidado* até altas horas da noite.

**assistindo tevê, tuitando ou vendo os vídeos que aparecem na timeline do Facebook.*

3.

No outro dia, você faz umas coisinhas em casa, bota uma roupa para bater...

E quando vê: PQP, 11h56!!!!

4.

Ou você apenas coloca a conversa em dia com o pessoal da casa.

"Oi, como foi o dia?", "O meu foi meio corrido, tive de ir ao banco..." E, de repente: 12h04!!!!!

5.

Você então pensa "Nossa, todo dia é isso, eu faço nada e já é meia-noite".

TODO DIA! Todo *santo* dia!

6.

Chega o dia em que você finalmente consegue ir para a cama cedo, mas o sono não vem, e você se vê obrigado a checar a internet.

"Afinal, se algo tiver acontecido agora, vou poder ver só daqui a sete horas. Aí, meu amigo, muitas vezes você perde o bonde e não tem mais volta..."

7.

De repente, aparece aquela amiga animadíssima que achou que essa é a melhor hora para conversar com você.

"Amiga, me deixaaaa."

8.

Ou então você resolve dar uma passadinha pelo Tinder para pegar no sono e algo incrível acontece.

E é justo nesse dia que alguém vem falar: "oi, td bem delícia".

12.

O.k., você conseguiu ir para a cama cedo novamente. Mas daí pensou: "Vou só arrumar essas coisinhas aqui no quarto...".

Fuén.

13.

Ou você está já deitado e aparece o Caboclo Sanduba.

14.

Às vezes, você está pegando naquele soninho bom quando... tem uma IDEIA BRILHANTE!

"Isso é muito genial, vou ter de anotar!"

Adeus, dormir cedo.

9.

A técnica de deixar o celular de lado e ler um livro para ajudar o sono a aparecer não funciona muito bem.

"MEU DEUS, não acredito que está acontecendo isso agora, não vou poder parar de ler neste ponto; ah, mas não vou mesmo..."

10.

Fora o dia em que passa o seu programa preferido – aquele vilão que quer arruinar suas tentativas de semana organizada em plena terça-feira.

TÔ FALANDO DO SR. MESMO, *MASTERCHEF*!!!

11.

Ou então liberam a nova temporada do seriado que você mais ama.

E surge o dilema: "Eu durmo tarde e arraso com tudo ou convivo com os spoilers na timeline amanhã??".

Adivinha qual você escolhe.

15.

Você provavelmente não vai estranhar ao saber que tem gente que coloca *alarme* para *lembrar* de *dormir*.

16.

A verdade é que você sabe que às onze da noite sua cabeça está animada, pronta para aproveitar a vida.

17.

E também sabe que você precisa continuar tentando dormir cedo. Ainda que você não acredite que isso vai mesmo dar certo.

Porém, um dia a gente consegue!

10

filmes que te assustaram de verdade

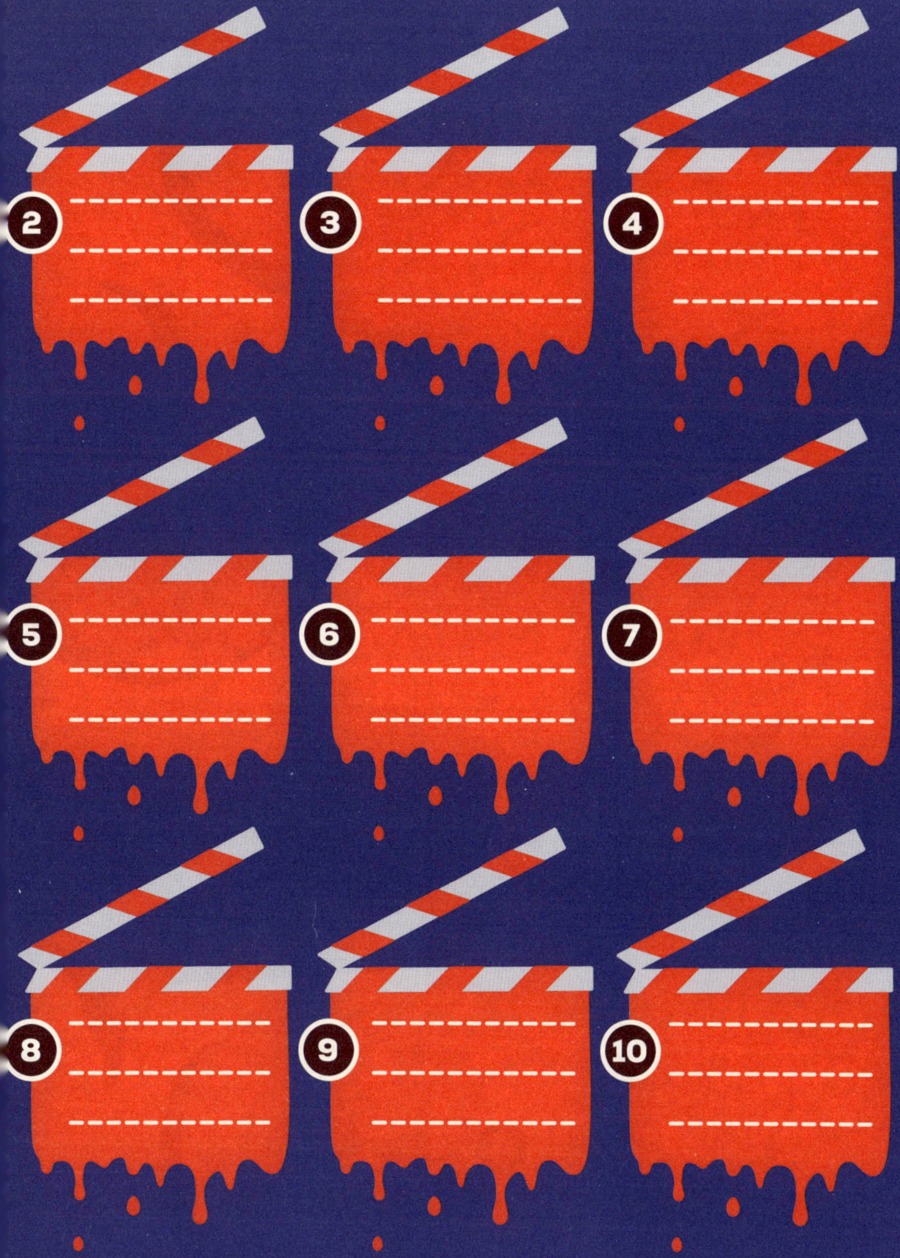
2
3
4
5
6
7
8
9
10

9

desculpas esfarrapadas que você já recebeu

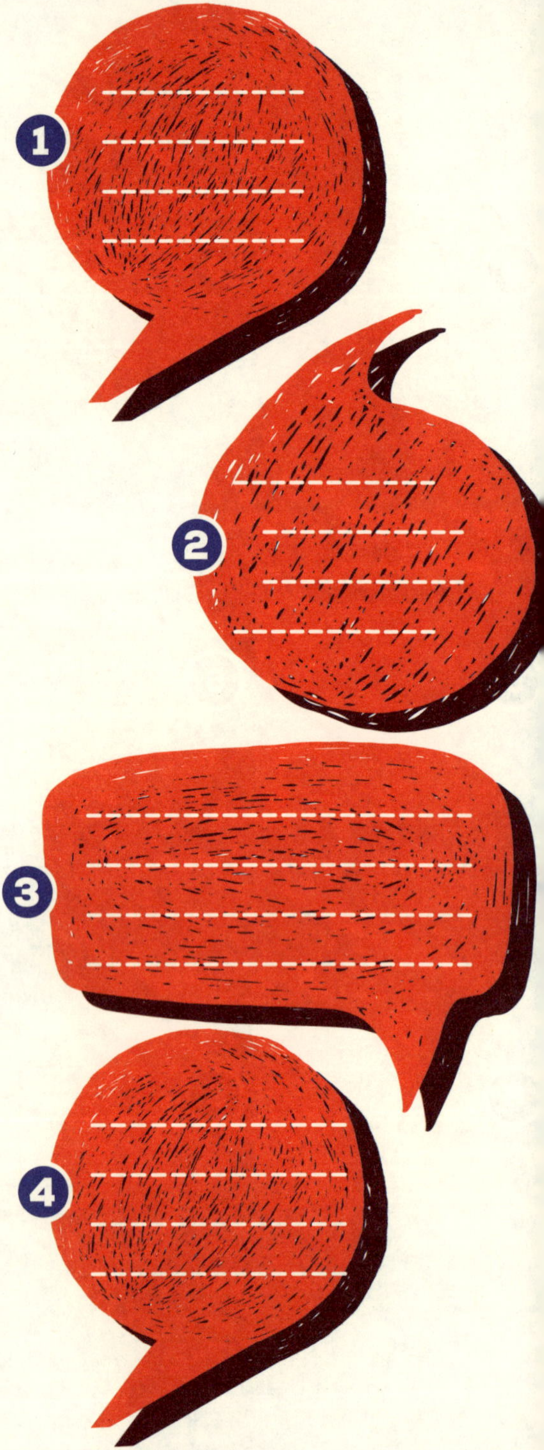

5
6
7
8
9

8

lugares para visitar apenas pela comida (valendo a casa da avó)

1. ____________
   ____
2. ____________
   ____
3. ____________
   ____
4. ____________
   ____
5. ____________
   ____
6. ____________
   ____
7. ____________
   ____
8. ____________
   ____

7

cantadas absurdas que você já testemunhou

1. ______________________

2. ______________________

3. ______________________

4 ______________________

____

____

5 ______________________

____

____

6 ______________________

____

____

7 ______________________

____

____

6

desejos secretos que se realizaram, fazendo você acreditar que possui poderes mágicos

1

2

3

4

5

6

5

traumas de infância

1

2

3

5

4

4

jingles que você sabe de cor

2
3
4

3

pesadelos

recorrentes

2

3

2 livros que você amou secretamente

1
2

1

grande amor

Tipografia **Nexa, Eames Century Modern, Rama**
Diagramação **Ale Kalko**
Papel **Pólen Soft**
Impressão **Gráfica Bartira, janeiro de 2016**

FSC
www.fsc.org
MISTO
Papel produzido a partir de fontes responsáveis
FSC® C105484

A marca FSC® é a garantia de que a madeira utilizada na fabricação do papel deste livro provém de florestas que foram gerenciadas de maneira ambientalmente correta, socialmente justa e economicamente viável, além de outras fontes de origem controlada.